石塚修 著

納豆のはなし

文豪も愛した
納豆と日本人の暮らし

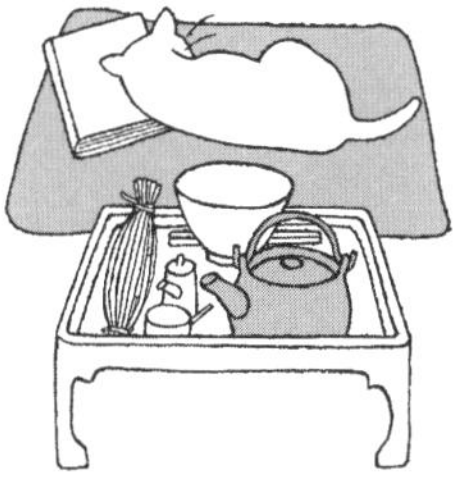

大修館書店

はじめに

納豆という食品を考えるときに忘れてはならないのは、納豆が発酵食品であることです。そもそも腐敗と発酵が同じ科学的変化の表裏であることは、中学校の理科などでも学習します。つまり、同じ作用でも、それが人間様のお役に立つか立たないかが運命の分かれ道となるのです。

ちなみに『明鏡国語辞典』（大修館書店）では「発酵（醱酵）」について、

細菌・酵母などの微生物が炭水化物・たんぱく質などの有機化合物を分解し、アルコール・有機酸・二酸化炭素などを生成すること。また、その現象。酒・味噌・醤油・パン・チーズ・抗生物質などの製造に利用される。

とあり、「腐敗」は、

> 有機物が微生物の作用で分解されて有毒物質を生じ、また悪臭のある気体を発生すること。くさること。

と書かれています。

この辞書の「腐敗」の定義にあてはめると、人によっては納豆の香りを「悪臭」だと感じるので「腐敗した豆」ということになってしまいます。たとえば、タイでは納豆を「トゥア・ナオ」と呼びますが、まさに、「くさった・豆」という意味だそうです。

ただし、科学的な知識のなかった時代には「発酵」も「腐敗」も識別できなかったはずです。では唯一の識別のポイントは何であったか、それは「体に良い」かどうかの一言に尽きるでしょう。食べてみて「体に良い」ならば食品として継承され、健康に危害があれば食品としては認められずに、腐敗した食品として捨てられたはずです。納豆はこの歴史的な試験に見事に合格し、伝統食品として継承され、現代まで食べられ続けているというわけでしょう。

糸引き納豆（以下、納豆とします）について調べていると言うと、かならずといってよいほど皆さんからは、「おもしろいですねぇ」「かわったことをしてますねぇ」と言われます。もしも、これが同じ大豆製品の味噌、醤油、豆腐であったらどうでしょう、さほどの反応もないままに話題にもならないかもしれません。つまり、納豆という食品は多くの人たちから、妙なもの、おもしろいものだという先入観で見られている食品だということなのです。

また、ほぼ同様に聞かれるのは、「いつから食べているんですか？」「どこではじめに作られたんですか？」ということです。この質問も他の食品の場合にはほとんど聞かれません。この世には、はじめて牛乳を飲んだ人、はじめておむすびを食べたはずの人もいたわけですが、皆さんの多くはなぜか納豆についてだけは、はじめての人を決めたがるようです。その気持ちは、消費者だけでなく、製造する方たちにも強いようで、納豆の発祥伝説はいくつも存在していて、その地元の方たちも誇りをもってそこを発祥の地だと主張なさっています。

発祥説としてよく知られているのは源義家説です。源義家（一〇三九―一一〇六）は、頼義の長男で、前九年の役《えき》で父の頼義を助けて安倍氏を討ち、後に陸奥守《むつのかみ》兼鎮守府将軍《けんちんじゅふしょうぐん》となって東国における源氏勢力を作った歴史上の人物です。この義家が寛治元年（一〇八七）一一月一四日に、中央政府に叛逆《はんぎゃく》した清原家衡《いえひら》・武衡《たけひら》を金沢柵に討ちとることに成功します。一二月二六日には、この歴史上「後三年の役」と呼ばれる戦乱を平定した報告が都に届けられました。この戦いの際に、村人から食料として献納された豆が馬の体温で糸を引くようになったのを義家が食べ、その強さを示したとする説が、秋田県横手市に伝承されていて、同市の金沢柵跡には納豆発祥の地の碑も設けられています。

次に光厳《こうごん》法皇説です。光厳法皇（一三一三―六四）は、京都市右京区の京北地区にある常照皇寺に草庵を結び暮らしていました。村人たちが新藁《しんわら》の苞《つと》に煮豆を入れ献上したところ日が経つうちに糸を引くようになってしまいましたが、法皇がそれに塩をかけて食べてみられると、とても美味しく食べることができました。これが「鳳栖納豆《ほうせいなっとう》」と呼ばれ、黒豆、小豆とともに毎年京都御所に献上するのがならわしとなり、その伝統は江戸末期まで続いたようです（松井徳光ほか「関西が造りあげた発酵食品」二〇〇八年）。

常照皇寺には寺の縁起を描いた画帖《がじょう》も伝来しており、その一枚には納豆、しかも藁苞納豆の絵が描かれています。このことから京北では藁苞納豆の始祖は京北の地であるとしています。京北は、古くから北山杉の産地として全国的に有名で、林業が盛んです。平安遷都の折に御所造営のための木材がこの地から切り出されて以来、皇室の禁裏御料地として天皇の代がかわられる度に行われる大嘗祭の用材を平成に至るまで供進しつづけてきたという歴史を持っています。そうした関わりから、明治維新の際に官軍の先頭をつとめた「山国隊」はこの地から出陣していき、やがて東北地方にまで行きました。もしかすると、隊員たちは東北で納豆と出会い、その存在に驚いたかもしれません。

このほか納豆の発祥伝説には、聖徳太子（五七四—六二二）説、加藤清正（一五六二—一六一一）説、伊達政宗（一五六七—一六三六）説などがあげられます。先ほどの源義家説とこれらに共通しているのは馬との関連性です。飼い葉としての稲藁と納豆が深く関わっているのです。

これらに加えて豊臣秀吉（一五三七—九八）説もあります。「阪本村の太閤納豆」という名称をあげ、味噌を仕込んでいた大豆を軍事徴発のために献納したところ、俵で発酵して納豆になったとする説です（鳥屋尾陽一「納豆の沿革に就て」一九二五年）。もともと豊臣秀吉は織田信長の草履《ぞうり》取りとして馬廻りにいましたので、そこからの連想として考えられなくもない説のような気もします。

馬の体温は人間の体温とほぼ同じで、納豆菌の発酵しやすい温度と重なる温度であるとして、これらの伝説を身を以て検証された方もいます（松本忠久『平安時代の納豆を味わう』二〇〇八年）。

このように納豆発祥伝説が各地にあるということは、納豆がそれだけパトリオティズム（＝郷土愛・祖国愛）に強く裏づけられた伝統食品であることをものがたっているともいえるのではないでしょうか。

私自身も発祥伝説について、これまでも真摯に向きあって調査してきました。しかし、いまの段階では、むしろ発祥地などを不用意に確定しない方が納豆という食品のロマンとしての楽しみが広がるのではないかと考えています。地域ごとに愛されてやまない伝統食品である納豆は、お国自慢の際の格好のおいしい材料となるかもしれないからです。

目次

はじめに……iii

【凡例】

○本文中の引用文は、読みやすさに配慮し、以下のような変更が加えてあります。

・旧字体の漢字を新字体の漢字にする。

・江戸時代以前の文章は歴史的仮名遣いとし、明治以降の文章は原則として現代仮名遣いとする。ただし明治以降の文章でも韻文は原文の仮名遣いとする。

・片仮名の表記を適宜平仮名にあらためる。

・改行や句読点の位置を適宜変更する。

○引用文に現代語訳を付したものは、まず訳を掲げ、その後原文を記しています。

○明治以降の文学作品は、引用していない部分を読者の方が読みやすくなるように、特に注記がないかぎり青空文庫（http://www.aozora.gr.jp/）から引用しています。

○引用文中には、現在の観点から照らしてみると不適切な表現が含まれる部分がありますが、当時の時代背景を鑑みて、原文を尊重することとしました。

○本文中のイラストは当時の挿絵などを参考にしたイメージです。

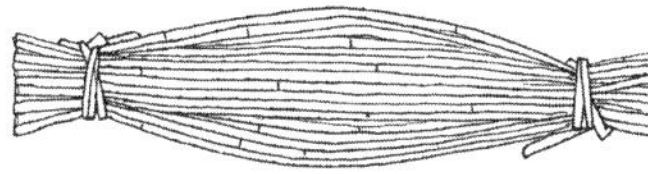

想像・妄想？

納豆のはじまり

納豆ははじめから納豆そのものを作ろうとして作られたのでしょうか。そうとは考えにくいでしょう。おそらくは何か他の食品を作ろうとして、その過程で何らかの突発的できごとがあり、できてしまった可能性が高いと考えられます。大豆を煮て作る食品で納豆に先行しているものというと、味噌を考えるのが適当ではないでしょうか。味噌を醸造する過程で、たまたまできあがったのが納豆のはじまりだという仮説は、なかなか説得力があるように思います。実際に味噌屋さんから、豆味噌を仕込もうとして管理を失敗したために糸を引いてしまった、という話を伺ったことがあります。

味噌を醸造しようとして、煮ておいた豆に、あるはずみで納豆菌が繁殖してしまい、糸を引くようになってしまったのです。ふつうでしたら、その段階で捨ててしまうところでしょうが、そこは日本文化が世界に誇る「もったいない」精神を大いに発揮した人がいたのでしょう。

ここからはまったくの想像ですが、その人とはどんな人であったのでしょうか。私は一人はいじわるなお姑《しゅうとめ》さん、もう一人はどけちな味噌屋の親父さんと仮定してみました。

一人めのお姑さんは常々お嫁さんに食べ物の大切さを厳しく説いていました。家族が少しでも食べ物を粗末にしたら、ものすごい剣幕で叱りとばしていたのです。そんなお姑さんが、あるとき大豆を煮て、なんとそれをそのまま忘れてしまいました。気がついたときには、豆が糸を引いていました。私の子どもの頃でも、糸を引くかどうかは食品が腐っていることへの大きな判定基準でした。落語の「酢豆腐」にも腐った豆腐、すなわち酢豆腐をにおいと糸引きかげんで判定するシーンがあります。当然、この糸を引くようになった豆は、腐敗しているものとして捨てられる存在だったわけです。しかし、常日頃から厳しく叱られてばかりいたお嫁さんあたりが、それこそ鬼の首を取ったように、お姑さんに「ああ〜もったいない」とでも言ったのではないでしょうか。すると、そこは女同士の意地の張り合い、お姑さんが「あらっ、これって体にいいのよ。わざとこうしたの」と逆襲しました。そして、なんとそれを平然と食べたわけです。しばらくして、お嫁さんがまた何かの折にお姑さんに反撃に出て、「そういえば最近あの糸を引くお豆を召し上がらないですわね」といやみを言ったとします。お姑さんはそれを受けてたち、何度もその糸を引く豆をわざわざ作り食べ続けました。はたしてその結果は……、もちろんお姑さんの勝ちでした。何度も食べ続けた結果、ついにその村一番の長生きとなったのです。近所の人たちは、その不思議を目のあたりにして、真似し始めます。そして村じゅうの人たちが長生きになりました。それを見た隣村の人たちもその食品を食べ始めて、やがてその糸を引く豆は広く人々に食べられていくようになります。

もうひとつの仮説は次のようです。とても口やかましい味噌屋の親父さんがいて、なにかにつけて使用人に厳しくあたります。豆一粒も無駄にさせないわけです。あるとき、その親父さんが温度管理をあやまり、味噌になるはずの豆が糸を引いてしまいます。使用人たちは、日頃の恨みがありますので、「旦那さま、まさか無駄にはなさいませんでしょうね」といやみを言います。親父さんもさるもの、平然としてその豆を食べてしまうのです。しばらくしてまた使用人たちがつらく当たられた仕返しに、「あの糸を引く豆は最近召し上がりませんね」と言いました。こうして親父さんは定期的に作って使用人たちへの当てつけに食べ続けます。はたしてその結果は……、もちろん親父さんの勝ちでした。町内でもたぐいまれな長生きをしたのです。使用人をはじめとして、近所の人たちも真似をし出して、やがて多くの人たちが口にしていったわけです。

この二つの仮説は、まことに荒唐無稽のように思われるかもしれません。しかし、伝統食品とされる食品は、こうした長年にわたるたくさんの人々による経験の蓄積で伝統食品となってきたのではないでしょうか。現代とは異なり科学的な測定方法も分析方法もない時代には、その食品の効用は、体験という直接的な人体実験でしか証明できなかったわけです。ある食品を食べたら病気をしないで長生きできるか、それは長生きすることでしか証明ができなかったはずなのです。

このことは、じつは現代の科学にも役立っていて、健康によい物質を探し出す場合、やみくもに見つけているわけではなく、まずは伝統食品として広く知られている食品に目をつけて分析検証しているようです。納豆をはじめとする伝統食品に――しかもその多くはなぜか発酵食品なのです――健康によい物質が発見されているということは、先人たちの永い間の命をかけた経験の蓄積が私たちにもたらしてくれている恩恵であることを現代人は忘れてはならないと思います。

「愚者は経験に学び、賢者は歴史に学ぶ」は、ドイツの名宰相ビスマルクの言葉とされています。経験の蓄積がまさに「歴史」だと伝えているのです。「知恵」という字は「智恵」とも書きます。「日」という時間を経てきた知識こそが、「智恵」そのものなのです。納豆をはじめとする伝統食品とはその「智恵」にふさわしい存在であることを、私たちは深く認識すべきでしょう。

芭蕉の句にも納豆

松尾芭蕉

日本の古典文学作品で食べ物がどのように描かれているかは、一般の人たちからすると大いに興味と関心があるところではないでしょうか。たとえば、紫式部の名作『源氏物語』で主人公である貴公子光源氏は、どのようなものをどのように食べていたのかという質問をよくされます。

そもそも小説などでこれほどまでに食の場面が頻繁に描かれるようになったのは、テレビのホームドラマで食卓を中心とした場面が家族の集いの場面として好都合であったことに由来し、やがて小説などにも広くとりいれられたからだとされます。また、グルメ志向の影響もあり、他人が食べたことのない食べ物への好奇心から、有名な古典文学作品の食についても人々の興味関心が集まるようになり、先のような質問も出てくるようになったのかもしれません。

ところが、残念なことに古典文学の中心となる『源氏物語』のような王朝文学の世界では、食べ物が直接的に取りあげられるということはほとんどありません。和歌の伝統では、歌語＝雅語（例　鶴：つる→たづ・雁：がん→かりがね）を用いて花鳥風月の世界を詠むことを主流とします。古典文学作品もその伝統にのっとり書かれているため、貴族たちの文学では、人間の欲望が露骨に出てしまい、どうしてもはしたなくなる食そのものの場面を、リアルに描くということはほとんどないのです。

ちなみに、この伝統は今日まで続いています。たとえば、皇居で催される晩餐会でもテレビの放映は乾杯までで食事の映像は流されませんし、祇園の舞妓さんたちのような花柳界の人も、けっしてお座敷でお客さんを前にして物を食べないそうです――悲しいことに私はまだ祇園に伺ったことがないので、伝聞で書くしかありません――。反面、食事をいかにエレガントにできるかは、日本のみならずセレブたちの永遠の課題であり、そのことは礼法やマナーの解説本の多くが食事の場面に費やされていることからもわかるでしょう。自分のことを棚にあげて申しますと、そうしたしつけやたしなみが近年はどうもおろそかになっていて、テレビ番組で芸能人やレポーターの食事風景を見るにつけ、箸づかいなどが作法からはずれている方が多くてとても気になります。余計なお世話ですが、他人の前で食事をする機会の多いお仕事の方たちは、一度はご自身の食事風景を画像に撮られるなどして、食事の際のたたずまいについて確認されておくことも大切ではないでしょうか。

納豆がなぜ貴族たちの世界を描いた古典文学に登場しないかは、もうナットクされたでしょうか。それは「食べること」そのものが雅な文化の仲間には入らない存在だからです。納豆だけが低級だったために、貴族たちによって描かれなかったわけではありません。

ちなみに具体的な食べ物が出てくる数少ない例の一つに、

紫式部が夫の留守に、鰯をあぶって食べていたのを夫が帰ってきて見とがめ、賤《いや》しい魚を食べなさることだと笑ったので、

この日の本にとても有名である石清水（いわしみず＝いわし）八幡宮にお参りなさらない（口にしない）人はいらっしゃらないだろうと存じます。

と歌を詠んだということです。

むかし紫式部、あるとき夫宣孝他出のとき、鰯をあぶり喰たるを、宣孝かへりみて、いやしきうを、食ひたまふと笑ひければ、

日のもとにはやらせ給ふいはし水まいらぬ人はあらじとぞ思ふ

と詠み侍りしとぞ。

（志賀理斎《しがりさい》『三省録』天保一一・一八四二年）

という話があります。この話は室町末期に成立した御伽草子《おとぎぞうし》『猿源氏草紙』には、和泉《いずみ》式部（生没年未詳）とその夫であった藤原保昌《やすまさ》（九五八―一〇三六）のこととして載っています。おそらくは伝承の間に紫式部に変化したのでしょう。

王朝時代の文芸ではこのように、なかなか食べ物――まして食べているシーン――にめぐりあえないことを知っておいていただけると幸いです。

さて、和歌というと一般的には『百人一首』などでおなじみの五・七・五・七・七の三一音からなる短歌を想像します。現在でも新年の「歌会始」という行事があるように、日本文化では、和歌は貴族文化の正統として継承されてきました。その和歌から滑稽をもととした「誹諧《はいかい》（歌）」と呼ばれたジャンルが発展し、一五～一六世紀に文芸分野として独立したものが俳諧です。もともとは連歌の形式を引き継ぎ、五・七・五と七・七を別の作者が詠み、一つの世界を作り上げていった文芸で、連句とも呼ばれました。

俳諧は江戸時代に入ると、主に富裕層の町人たちの間で大流行します。とくに元禄時代にかけては盛んになり、貞門派・談林派といわれる流派も生まれ、そこからは井原西鶴（一六四二―九三）や松尾芭蕉（一六四四―九四）といった人たちも出てきます。

俳諧になると、王朝文学とはうって変わって、句のなかに納豆が登場するようになります。たとえば、俳諧に詠まれる言葉を集めた書物の一つである高瀬梅盛《たかせばいせい》『類船集《るいせんしゅう》』

（延宝四・一六七六年）には納豆が次のように登場しています。

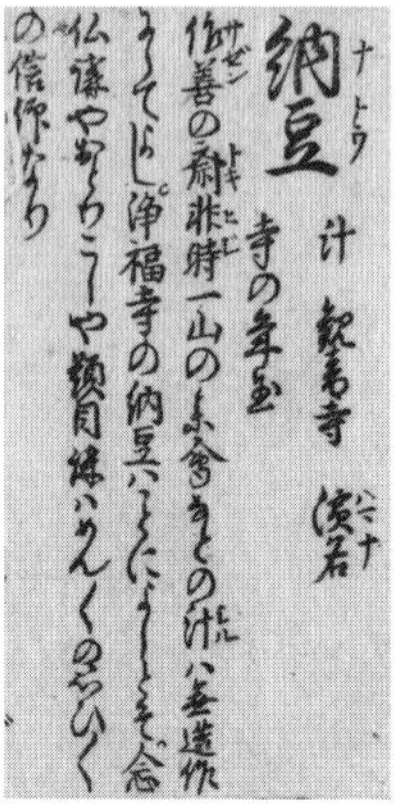

▲『類船集』
（早稲田大学図書館蔵）

納豆《なとう》　汁　観音寺　浜名《はまな》
　寺の年玉
作善《さぜん》の斎《とき》非時《ひじ》一山の参会などの汁《しる》は無造作にしてよし。浄福寺の納豆はことによしとぞ。念仏講やおとりこしや題目講はめん〳〵の思ひ〳〵の信仰なり

簡単に解説すると「納豆」という言葉が俳諧に詠まれる場合には、「汁」（納豆汁）・「観音寺」（滋賀県）・「浜名」（浜名納豆）・「寺の年玉」（寺院の年始のお礼）の語句が次の句へと連想されるというのです――これを「付句」といいます――。続く解説には「法要の食事や寺での食事の汁は簡単に作られるのがよい。浄福寺の納豆はとくによ

い。浄土宗の念仏講や浄土真宗の報恩講、日蓮宗の題目講などはそれぞれの思いにまかされた信仰である」と書かれています。

俳諧は語と語の連想（付合）によって成立していく文芸です。ですから、俳諧師であった芭蕉の頭の中には、納豆というとおそらくこうした連想が展開していたと考えられます。

また、俳諧は和歌とは異なり、花鳥諷詠《ふうえい》ではなく、生活感を取りこんだ文芸でもありました。そのため和歌では詠まれることのなかった食事のありようが、俳諧では詠まれるようになったのです。

松尾芭蕉の俳句で具体的に納豆が出てくるのは、

＝納豆きる音しばしまて鉢叩《はちたたき》

の句です。

「鉢叩」が季語になっています。鉢叩きとは師走になると街角にあらわれる念仏僧のことで、手に持った鉢を叩いて物乞いをするのです。いまですと歳末助け合い募金や救世軍の社会鍋といったイメージと重ね合わされると思います。

この句は「夜も更けてきた師走の街を鉢叩きが鉢を叩いてまわっている。その音に耳をすまして、しばらくは納豆汁を作るためにまな板で納豆を叩いている手をやすめなさい。」という意味です。寝る前に納豆汁を作って飲み、温まってから寝ようとしている作者と、寒風の夜の街を物乞いをして歩く「鉢叩」の姿とが、対照的に描かれている句といえます。

ちなみに芭蕉の納豆の句に続いて、蕉門の十哲と呼ばれる芭蕉の高弟たちが詠んだ納豆の句も紹介しておきましょう。

内藤丈草《ないとうじょうそう》（一六六二―一七〇四）

納豆するとぎれやみねの雪起《ゆきおこし》

宝《たから》井《い》其《き》角《かく》（一六六一―一七〇七）

閑居の糠《ぬか》味噌浮世に配る納豆哉

砧《きぬた》尽て又のね覚めや納豆汁

おほふ哉さまさぬ袖を納豆汁

飯台《はんだい》や五器も汚さず納豆汁

服部嵐雪《はっとりらんせつ》（一六五四―一七〇七）

夢人の裾《すそ》をつかめば納豆哉

森川許六《もりかわきょりく》（一六五六―一七一五）

臘八《ろうはち》や腹を探れば納豆汁

腸《はらわた》をさぐりて見れば納豆汁

各務支考《かがみしこう》（一六六五―一七三一）
納豆と梅のはなとはにほひかな

杉山杉風《すぎやまさんぷう》（一六四七―一七三二）
山寺の冬納豆に四手《しで》うつやあらし

志太野坡《しだやば》（一六六二―一七四〇）
三むかしや泣き口すすむ納豆汁

蕪村・一茶も納豆を詠む

与謝蕪村・小林一茶

松尾芭蕉につづいて、天明期を代表する俳人与謝蕪村（一七一六―八三）の詠んだ納豆の句も紹介しましょう。

〓 朱にめづる根来折敷《ねごろおしき》や納豆汁

「朱塗の色が美しい根来塗《ねごろぬり》の折敷《おしき》で出される納豆汁であることよ」という意味になるでしょうか。根来塗とは、紀州の名刹《めいさつ》根来寺にあった朱漆塗りの什物《じゅうもつ》の表面から朱が

▲画像提供：錦壽

剥落して下地の黒漆が表面に出てきたものを景色として珍重したものです。後にはわざわざ下地を見せて塗り、根来塗というようになりました。折敷とは高足膳に代表される本膳と比べると高さの低い、写真のような膳をいいます。

「納豆汁」は冬の季語ですから、冬の寒さのなか、おそらく夜食として納豆汁が供されたのでしょう。句自体からは夜食かどうかは判然としません。しかし、谷崎潤一郎（一八八六―一九六五）の名随筆「陰翳礼讃《いんえいらいさん》」（昭和八・一九三三年）にも、次のような一節があります。

日本の漆器の美しさは、そう云うぼんやりした薄明りの中に置いてこそ、始めてほんとうに発揮されると云うことであった。「わらんじや」の座敷と云うのは四畳半ぐらいの小じんまりした茶席であって、床柱や天井なども黒光りに光っているから、行燈式の電燈でも勿論暗い感じがする。が、それを一層暗い燭台に改めて、その穂のゆらゆらとまたたく蔭にある膳や椀を視詰めていると、それらの塗り物の沼のような深さと厚みとを持ったつやが、全く今までとは違った魅力を帯び出して来るのを発見する。

（『谷崎潤一郎全集』二〇一五年）

これは京都の名店わらんじやで灯火のもと漆器での食事に感激したという部分です。蕪村の句もこの感性と通じるとしたら、やはり夜と解した方が句境が広がるでしょう。わびしいもてなしのなかだからこそ、根来塗のかすかに残った朱塗の部分に目がいったと考えられるのではないでしょうか。

朝霜や室《むろ》の揚屋《あげや》の納豆汁

この句は「朝霜」とありますから朝の句です。「室」とは瀬戸内の港「室の津」（現在の兵庫県たつの市）を指します。この地は古くから港町として栄えたため、それにともなって遊里も繁栄した場所としても知られています。

「揚屋」とは「置屋」から遊女を呼んで遊ぶ場所です。冬の一夜を共にした客と遊女が霜の降りるほど冷え込んだ翌朝に、二人で納豆汁をすすって温まっているというのです。そしてこの句では、納豆を発酵させる「室」と室の津の「室」から「納豆汁」という連想（付合）になっています。

＝入道のよよとまゐりぬ納豆汁

「入道」とは、おそらくは「六波羅入道」と呼ばれた平清盛（一一一八―八一）を指すのでしょう。「よよ」とは「酒などを、雫をたらしながら勢いよく飲むさまを表す語。ぐいぐい」（『日本国語大辞典』）という意味です。いまでこそ太政大臣《だじょうだいじん》となった清盛でしょうが、もとは荒っぽい武士でした。その昔を彷彿《ほうふつ》とさせるように、寒い瀬戸内の船旅のなかで納豆汁をぐいぐいと飲み干しているというのです。

下部等《しもべら》に箸取らせけり納豆汁

寒さのなかで震えつつ働いている下部（下僕）たちに、主人が納豆汁をふるまいねぎらっているようすを詠んだ句でしょう。

また、信州柏原村（現・長野県信濃町）の出身で、納豆には親しみがあっただろう小林一茶（一七六三―一八二七）も納豆の句を詠んでいます。

朝々に半人前の納豆哉
有明や納豆腹を都迄
百両の松をけなして納豆汁
納豆の糸引張つて遊びけり

といった句が見られます。いずれも庶民の生活が目に浮かぶような句です。

「朝々に」の句は、毎朝、安価な納豆も一人前食べられない不甲斐ない生活ぶりを詠んだ句でしょう。家庭の事情で幼くしてふるさとを追われ、他人の家でさびしく悲しい生活を余儀なくされた一茶の人生が伝わってくるような句です。「有明や」の句は先の蕪村の句に似て、夜明けまでに都までもどるのに前夜の納豆汁のぬくもりを感じているというのです。「百両の」の句は、高価な盆栽を批判してみたものの、食膳に出ているのは納豆汁という庶民の味だという意味でしょう。「やせがえる負けるな一茶ここにあり」のように、一茶は弱いものや小さなものへのいつくしみのまなざしを持った句が多いことで知られていますが、その反面「ずぶぬれの大名を見る炬燵かな」の句にみられる、反骨精神に満ちた人でもありました。この句にはそうした精神が読めるのではないでしょうか。「納豆の」の句も「糸引張つて」のあたりが、仕事などがうまくいかず、ほかにどうすることもない物憂げな朝の風情を感じさせてくれます。

利休のおもてなしは納豆で

千利休

千利休（一五二二―九一）は、茶道の中でもいわゆる「わび茶」の大成者として知られます。「わび茶」とは、大名などが正式な招待行事などで中国からの舶来品を飾り広間でくりひろげた「式正《しきしょう》の茶」にたいして、日本製の茶道具を中心として草庵の茶室で人を招いておこなった茶の湯です。現在、茶道という言葉を耳にしたときに多くの方が持つのは、この「わび茶」のイメージではないでしょうか。

茶人には自分が客を招いておこなった茶会の茶道具や懐石料理の献立を、手控えとして残す習慣があります（自会記）。また客として招かれた場合も、その日の茶道具や懐石料理の献立を記録して後に返礼に招く場合などの参考とします（他会記）。茶会記としては『松屋会記』・『天王寺屋会記』・『宗湛《そうたん》日記』などがよく知られています。利休の場合には最晩年の天正一八年（一五九〇）から一九年にかけての一〇〇回に及ぶ茶会の記録である『利休百会記』が残されています。利休が自ら記録したものではないようですが、当時から茶人として著名であった利休の茶会ですから、その門弟たちはもとより、利休をあがめる茶人たちにとっては模範的な茶会として記録され、広く伝えられたものと考えられます。

ちなみにこれらの茶会とは、現在広くおこなわれ、「お茶会」と呼ばれているような、いわゆる大寄せの茶会ではなく、少人数での茶事のことを指しています。茶事の次第は時代や時季によって少し異なりますが、基本的には、「席入り→＊初炭《しょすみ》手前→＊懐石→中立《なかだち》（休憩）→濃茶《こいちゃ》点前→後炭《ごずみ》手前→薄茶《うすちゃ》点前（＊は季節により入れ替わります）」といった流れです。メインである濃茶が供される前には懐石という一汁三菜程度の軽い食事が出されるのです。

『利休百会記』によると、以下の一〇会で「納豆」が懐石に使われています。

茶会		客	懐石				
天正18年9月13日	朝	上様	納豆汁	うなぎなます	めし		二の膳
天正18年10月28日	朝	戸田民部	納豆汁	鮭の焼き物	香の物	めし	鯉のさしみ
天正18年10月30日	朝	加須屋内膳正	納豆汁	鮭の焼き物	くろめ	めし	鯛(鯉)さしみ
天正18年11月2日	朝	稲尾帯刀	納豆汁	鮭の焼き物	くしあわび	飯	
天正18年11月2日	昼	上様	納豆汁	(くしあわび 鮭の焼き物)	香の物	めし	二の膳
天正18年11月10日	朝	羽柴勝俊	納豆汁	鮭焼き物	くろめ	めし	鯛さしみ
天正18年11月14日	昼	細川幽齋	納豆汁	なべやき	鯛さしみ	食(めし)	
天正18年11月30日	朝	有馬中書則頼	納豆汁	鯛の焼き物	鮒のなます	めし	
天正18年11月30日	昼	こじまや道察	納豆汁	鮭の焼き物	鯉のさしみ	めし	
天正18年12月1日	昼	堺本住坊	納豆汁	鮭の焼き物	くろめ	めし	たはらこ

天正一八年（一五九〇）は利休が自刃する前年にあたり、彼のわび茶への志向もほぼ固まっていた時期でもあります。この時期にこのように盛んに「納豆」を用いて茶の湯の客をもてなしていることは、利休のめざしたわび茶の世界に「納豆」がとても似つかわしいと思っていたことの証ともいえるかもしれません。

わび茶とは、貴顕たちによる中国からの舶来品を飾り立てる（唐物荘厳《からものしょうごん》）のではなく、我が国で生産された陶器（和物）を中心に用いておこなっていこうとする茶の湯ですので、けっしておごらず、わざとらしさをうち消そうとする世界なのです。懐石も饗宴《きょうえん》の料理から、日常のさりげない料理へと転換されていくような工夫がされていったと考えられます。筒井紘一『利休の茶会』（二〇一五年）では、利休の高弟古田織部《おりべ》が「利休が考え出した懐石の材料は、あらめ・鮭焼・納豆汁・味噌焼など」と述べていることが紹介されています。

とはいえ、完全に日常食というわけではなく、鯛など当時としても贅沢な食材が盛り込まれてもいます。もしかすると納豆は日常の風情を出すのに活用されたのかもしれません。天正一八年九月一三日、一一月二日に客として「上様」とあるのは豊臣秀吉のことです。秀吉も貧しかった若かりし日には、おそらく納豆汁で寒さをしのいだ体験があったことでしょう。利休が秀吉へのもてなしに納豆汁を供したのは、そうした懐かしさを醸し出すためだったのかもしれません。

講演会などでこの利休の懐石における納豆汁の話をすると、きまって「あの納豆は糸引き納豆ではなく麴《こうじ》を発酵させて作る塩干納豆・大徳寺納豆（以下、浜納豆とします）ではないか」というご質問があります。ときには、現代の懐石で大徳寺納豆を味噌汁に入れたものを食したことがあるので、それが利休当時の納豆汁であると断言される方までいます。

しかし、熊倉功夫『日本料理文化史』（二〇〇二年）には、懐石料理は匂いのきついものを避けることがしばしば伝書に見られるとしながらも、

＝匂いの点ではやはり考えられないものに納豆汁がある。……古くは十六世紀の博多

商人、神屋宗湛の茶会記の一九一回の献立中、納豆汁が四回出ている。どの時代にも平均的にあらわれるが、これが糸引納豆か大徳寺納豆のような塩干納豆か議論のわかれるところである。しかし近世の料理書にみえる納豆汁はすべて糸引納豆を用いていて、塩干納豆はあらわれない。従って、懐石の納豆汁だけを塩干納豆（寺納豆）と解するのは不自然。匂いの問題はあるとして糸引納豆と考えてよいだろう。

と、考証されています。別のところであらためて紹介しますが、当時の日本語資料として知られる『日葡《にっぽ》辞書』にも糸引き納豆を用いた納豆汁が出てきます。

納豆と筋子はふるさとへの思い

太宰治「HUMAN LOST」

太宰治（一九〇九―四八）は、『人間失格』などで現在でも多くの読者から愛されている作家の一人です。彼は青森県の出身ですので、納豆には親しみがあったようですが、「HUMAN LOST」（昭和一二・一九三七年）などを読むと、どうやら納豆を筋子と一緒に食べることが好きだったことがうかがえます。

二十三日。（注・昭和一一年一〇月）

「妻をののしる文。」

私が君を、どのように、いたわったか、君は識《し》っているか。どのように、いたわったか。どのように、賢明にかばってやったか。お金を欲しがったのは、誰であったか。私は、筋子に味の素の雪きらきら降らせ、納豆に、青のり、と、からし、添えて在れば、他には何も不足なかった。人を悪しざまにののしったのは、誰であったか。閨《ねや》の審判を、どんなにきびしく排撃しても、しすぎることはない、と、とうとう私に確信させてしまったほどの功労者は、誰であったか。無智の洗濯女よ。妻は、職業でない。妻は、事務でない。ただ、すがれよ、頼れよ、わが腕の枕の細きが故か、猫の子一匹、いのち委《ゆだ》ねては眠って呉れぬ。まことの愛の有様は、たとえば、みゆき、朝顔日記、めくらめっぽう雨の中、ふしつ、まろびつ、あと追うてゆく狂乱の姿である。君ひとりの、ごていしゅだ。自信を以て、愛して下さい。

この作品は、昭和一一年（一九三六）一〇月一三日からの闘病生活を描いた作品です。「私は、筋子に味の素の雪きらきら降らせ、納豆に、青のり、と、からし、添えて在れば、他には何も不足なかった」と書いているように、筋子と納豆を一緒に食べています。納豆に筋子を入れて混ぜてはいないようですが、おそらく炊きたてご飯にのせて、それらを食べたのでしょう。

太宰の筋子納豆好きは「姥捨《うばすて》」（昭和一三・一九三八年）という小説でもうかがえます。次は、過ちを犯してしまった妻かず枝とそこまで追い詰めてしまった責任を感じた夫の嘉七が、死ぬことで二人の関係に決着をつけようと死に場所を求めて谷川温泉の宿にやってきた場面です。

ほとんど素人下宿のような宿で、部屋も三つしかなかったし、内湯も無くて、すぐ隣りの大きい旅館にお湯をもらいに行くか、雨降ってるときには傘をさし、夜なら提燈《ちょうちん》かはだか蝋燭《ろうそく》もって、したの谷川まで降りていって川原の小さい野天風呂にひたらなければならなかった。老夫婦ふたりきりで子供もなかったようだし、それでも三つの部屋がたまにふさがることもあって、そんなときには老夫婦てんてこ

まいで、かず枝も台所で手伝いやら邪魔やらしていたようであった。お膳にも、筋子だの納豆だのついていて、宿屋の料理ではなかった。


ここでもなぜか、筋子と納豆の組み合わせに目がいっています。

また、女優高野幸代の心中事件とその人生を描いた「火の鳥」（昭和一四・一九三九年）にも、

そのとしの十一月下旬、朝ふと眼を醒《さ》ますと、以前おなじ銀座のバアにつとめていた高野さちよが、しょんぼり枕もとに坐っていた。

「ほかに、ないもの。」さちよは、冷い両手で、寝ている数枝の顔をぴたとはさんだ。

数枝には、何もかもわかった。

「ばかなことばかりして。」そう言いながら起きあがり、小さいさちよを、ひしと抱いた。何事もなかったようにすぐ離れて、

「おかずは？　やはり納豆かね。」さちよも、いそいそ襟巻《えりまき》をはずして、

「あたし買って来よう。」数枝は、つくだ煮だったね。海老《えび》のつくだ煮買って来てあげる。」出て行くさちよを見送り、数枝は、ガスの栓をひねって、ごはんの鍋をのせ、ふたたび蒲団《ふとん》の中にもぐり込んだ。

　そうして、その日から、さちよの寄棲《きせい》生活がはじまった。年の瀬、お正月、これということもなくするする過ぎた。みぞれの降る夜、ふたりは、電気を消して、まっくらい部屋で寝ながら話した。


とあるように、太宰は小説の道具立てとして意識して納豆を用いている気配があります。東北出身の太宰はどうやら、納豆にはひとしお愛着を持っていたようです。ふるさとの津軽を捨てて、東京に暮らした太宰ですが、筋子や納豆といったささやかな食材にふるさとをなつかしんでいたのでしょうか。

下町のお妾さんの元気の源は納豆

永井荷風「妾宅」

永井荷風（一八七九―一九五九）は、フランス文学者として慶應大学教授もつとめ、文化勲章も受章した近代を代表する作家です。その一方で、江戸文学をこよなく愛し、下町情緒にあふれる文章もたくさん残しています。そんな一編に、「妾宅《しょうたく》」（明治四五・一九一二年）があります。

お妾は無論芸者であった。仲之町《なかのちょう》で一時は鳴した腕。……浮きつ沈みつ定めなき不徳と淫蕩《いんとう》の生涯の、その果《はて》がこの河添いの妾宅に余生を送る事になったのである。深川の湿地に生れて吉原の水に育ったので、顔の色は生れつき浅黒い。一度髪の毛がすっかり抜けた事があるそうだ。それから身体が生れ代ったように丈夫になって、中音の音声《のど》に意気な錆《さび》が出来た。時々頭が痛むといっては顳顬《こめかみ》へ即功紙を張っているものの今では滅多に風邪を引くこともない。突然お腹へ差込みが来るなどと大騒ぎをするかと思うと、納豆にお茶漬を三杯もかき込んで平然としている。お参りに出かける外《ほか》、芝居へも寄席《よせ》へも一向に行きたがらない。朝寝が好きで、髪を直すに時間を惜しまず、男を相手に卑陋《びろう》な冗談をいって夜ふかしをするのが好きであるが、その割には世帯持《しょたいもち》がよく、借金のいい訳がなかなか巧《うま》い。年は二十五、六、この社会の女にしか見られないその浅黒い顔の色の、妙に滑《すべ》っこく磨き込まれている様子は、丁度多くの人手にかかって丁寧に拭き込まれた桐の手あぶりの光沢《つや》に等しく、いつも重そうな瞼《まぶた》の下に、夢を見ているようなその眼色《めいろ》には、照りもせず曇りも果てぬ晩春の空のいい知れぬ沈滞の味が宿っている——とでもいいたい位に先生は思っているのである。実際今の世の中に、この珍々先生ほど芸者の好きな人、賤業婦の病的美に対して賞讃の声を惜しまない人は恐らくあるまい。

ここに登場する珍々先生とは永井荷風その人かもしれません。彼の描いた仲之町の芸者あがりの妾さんは、読んでわかるとおりなかなかの猛者《もさ》ぶりです。しかし、その猛者ぶりを筆者は温かなまなざしでみつめています。

「滅多に風邪を引くこともない」彼女の元気の源は、「納豆にお茶漬を三杯」にどうやら由来しているようです。ここでの「納豆にお茶漬」とは、おそらくは納豆茶漬けだと考えられます。ご飯に納豆をよくかき混ぜてのせ、熱々の煎茶をかけたものです。美食家として知られる北大路魯山人《きたおおじろさんじん》もこの食べ方を好んだとされています。現在ではあまり見かけませんが、江戸の粋筋《いきすじ》ではよく知られた食べ方だったのかもしれません。

美食のきわみ納豆茶漬け

北大路魯山人

北大路魯山人《きたおおじろさんじん》（一八八三―一九五九）は漫画『美味しんぼ』の海原雄山のモデルになった人物としても知られています。星岡茶寮《ほしがおかさりょう》という料亭で美食倶楽部を主宰し、美食の達人としてあがめられた人物です。そんな彼が提案した料理に「納豆の茶漬け」（昭和七・一九三二年）があります。そこには、納豆茶漬けの作り方だけではなく、納豆そのものの食べ方についても彼流の究極の食べ方が書かれています。

＝　納豆の茶漬けは意想外に美味いものである。しかも、ほとんど人の知らないところである。食通間といえども、これを知る人は意外に少ない。と言って、私の発明したものではないが、世上これを知らないのはふしぎである。

〈納豆の拵え方〉

ここでいう納豆の拵《こしら》え方とは、ねり方のことである。このねり方がまずいと、納豆の味が出ない。納豆を器に出して、それになにも加えないで、そのまま、二本の箸でよくねりまぜる。そうすると、納豆の糸が多くなる。蓮から出る糸のようなものがふえて来て、かたくて練りにくくなって来る。この糸を出せば出すほど納豆は美味くなるのであるから、不精をしないで、また手間を惜しまず、極力ねりかえすべきである。

かたく練り上げたら、醤油を数滴落としてまた練るのである。また醤油数滴を落として練る。要するにほんの少しずつ醤油をかけては、ねることを繰り返し、糸のすがたがなくなってどろどろになった納豆に、辛子を入れてよく攪拌する。この時、好みによって薬味（ねぎのみじん切り）を少量混和すると、一段と味が強くなって美味い。茶漬けであってもなくても、納豆はこうして食べるべきものである。

最初から醤油を入れてねるようなやり方は、下手なやり方である。納豆食いで通がる人は、醤油の代りに生塩を用いる。納豆に塩を用いるのは、さっぱりして確かに好ましいものである。しかし、一般にはふつうの醤油を入れる方が無難なものが出来上がるであろう。

〈お茶漬けのやり方〉

そこで以上のように出来上がったものを、まぐろの茶漬けなどと同様に、茶碗に飯を少量盛った上へ、適当にのせる。納豆の場合は、とりわけ熱飯がよい。煎茶をかけ、納豆に混和した醤油で塩加減が足りなければ、飯の上に醤油を数滴たらすのもいい。最初から納豆の茶漬けのためにねる時は、はじめから醤油を余計まぜた方がいい。元来、いい味わいを持つ納豆に対して、化学調味料を加えたりするのは好ましいやり方ではない。そうして飯の中に入れる納豆の量は、飯の四分の一程度がもっとも美味しい。納豆は少なきに過ぎては味がわるく、多きに過ぎては口の中でうるさくて食べにくい。

これはたやすいやり方で、簡単にできるものである。早速、秋の好ましいたべものとして、口福を満たさるべきではなかろうか。

魯山人流の納豆のまぜ方は、徹底しています。糸のすがたが消えるまでまぜ、しかも、醤油と薬味は先に入れてはいけないというのです。このまぜる回数については、巷間《こうかん》では四二四回とされて「魯山人納豆鉢」なる商品まで出現しています。

〈納豆のよしあし〉

納豆には美味いものと不味いものとある。不味いのは、ねっても糸をひかないで、ざくざくとしている。それは納豆として充分に発酵していない未熟な品である。糸をひかずに豆がざくざくぽくぽくしている。充分にかもされている納豆は、豆の質がこまかく、豆がねちねちしていないものは、手をいかに下すとも救い難いものである。だから、糸をひかない納豆は食べられない。一番美味いのは、仙台、水戸などの小粒の納豆である。神田で有名な大粒の納豆も美味い。しかし、昔のように美味くなくなったのは遺憾である。豆が多くて、素人目にはよい納豆にはなっているが。

また、「夜寒に火を囲んで懐しい雑炊」（昭和一四・一九三九年）では、納豆茶漬け以外に、「納豆雑炊」も提案しています。

納豆が嫌いとあっては話にならないが、納豆好きだとすれば、こんなに簡単に、こんなに調子の高い、こんなに廉価《れんか》な雑炊はないといったくらいのものである。これも前と同じく、お粥《かゆ》を拵えて、粥の量の四分の一か五分の一の納豆を加え、五分もしたら火からおろせばよい。納豆はそのまま混ぜてもよいが、普通に納豆を食べる場合と同じように、醬油、辛子、ねぎの薬味切を加えて、充分粘《ねば》るまでかき混ぜたものを入れるとよい。雑炊の上から煎茶のうまいのをかけて食べるのもよい。通《つう》人《じん》の仕事である。水戸方面の小粒納豆があれば、さらに申し分ないが、普通の納豆でも結構いただけることを、私は太鼓判を捺《お》して保証する。

魯山人は京都の出身です。現在の感覚では、納豆の食文化からもっとも遠いとされる関西の人です。そんな彼が美食を極めていくなかで、納豆の食べ方についてここまでの探究をしていることは、とても興味深く思われます。要するに、美味しいものには関東も関西もないというわけでしょう。日本が世界に誇れる食文化を持っている幸せは、全国のさまざまな食文化にふれ、わが国の食の豊かさを実感するときに生まれることを、食通の魯山人は身を以て示してくれたのかもしれません。

江戸っ子の名残を納豆にみる

夢野久作「街頭から見た新東京の裏面」

夢野久作（一八八九—一九三六）は、怪奇と幻想にあふれた独特の文体で知られた作家です。彼はジャーナリストとしての経歴もあり、ここでとりあげる「街頭から見た新東京の裏面」（大正一三・一九二四年）は杉山萠円《ほうえん》のペンネームで書かれたものです。

関東大震災以降、東京は大きな変化を遂げます。下町の多くが焼け野が原となったことから、いわゆる正統派江戸っ子絶滅の危機が叫ばれるようになります。そんななかで福岡県出身の夢野は果敢に新生東京に江戸の面影を探し求めるのです。そして、その探検のようすをユーモラスな文体で描いていきます。

大正一二年（一九二三）九月一日に発生した関東大震災により、明治維新の無血開城で戦火を免れ、東京となっても残されていた江戸の街の雰囲気が一変したことが、これらの作品からわかります。食生活にも当然そうした変化の波は押し寄せ、この時期になると納豆は夜にも食べられるようになったことがわかります。

〈納豆の買いぶり〉

こう考えて来ると、江戸ッ子の現状調査は非常な大事業になって来る。自転車に乗って、江戸八百八街を残りなく駈めぐるだけでも大変である。……

何とかして東京市内に居る江戸ッ子の行衛《ゆくえ》を探る方法はないかと考えた末、納豆売りの巣窟を探しまわって売り子の話を聴いて見た。

江戸ッ子の住家であるかないかは、ナットーの買いぶりや、喰いぶりを見るが一番よくわかるということを予《かね》てから聴いていたが、彼等売り子の話を聞くと、成る程とうなずかせられる。

時間で云えば朝五時から八時まで、夕方は六時から九時頃まで納豆を喰う人種のうちに、江戸ッ子が含まれていることは云《い》うまでもない。それから、買う時に苞《つと》をのぞいて、一目でよしあしを見わけるのは大抵江戸ッ子である。

「オウ、納豆屋ア」という短い調子や、

「ちょいと納豆屋さん」

という鼻がかったアクセントを聞くと、いよいよ間違いはない。お神《かみ》が買い渋るのを、怒鳴り付けて買わせるのも大抵は江戸ッ子である。それから、買うとすぐに器用な手付きで苞から皿へ出して、カラシをまぜて、熱い御飯にのっけて、チャッチャヤッチャッと素早く掻きまわして、鼻の上に皺《しわ》を寄せながらガサガサと掻っ込んで、汗を拭う風《ふう》付きは、何といっても江戸ッ子以外に見られぬ。

「駄目じゃねえか、こんな納豆を持って来やがって。仕方がねえ、一つおいてきネエ。明日っから、もっといいのを持って来ねえと、承知しねえぞ」

など云うのも江戸ッ子に限っている。

「熱い御飯にのっけて、チャッチャッチャッチャッと素早く掻きまわして、鼻の上に皺を寄せながらガサガサと掻っ込んで、汗を拭う風付きは、何といっても江戸ッ子以外に見られぬ」というあたりは、先ほどの魯山人の食べ方と比べて、まさに江戸っ子の納豆の食べ方の正統派を見事に描き出しているといったところでしょうか。ところが博多出身の夢野にとって、納豆はとてもめずらしい食べ物に感じられたようです。そのことは、次の部分からもうかがえます。

〈市議の不正公表〉

納豆売りの云い草ではないが、ちょっと見たところ、こんなものはとても歯にかかりそうにもなく、おまけに下品な悪臭芬々《ふんぷん》として、いかにも顔をそむけたくなるが、喰いなれて見ると案外おいしくて、消化がよくて、身体《からだ》のこやしになること受け合いだそうである。殊に永年東京に住んでいると、こんなイカものが喰えるようになるらしいので、江戸ッ子になると納豆が好きになるのも、そんな感化を受けるからかも知れない。

納豆を喰うと掃き溜めの腐ったにおいがして、何とも云われずうれしい。殊に豆の本当のうま味がわかるような気がして、とてもこたえられぬ。

かなり強烈な納豆の描写ですが、反面、この書き方は、東京へのコンプレックスともとれるのではないでしょうか。納豆を平然と食べられるくらいになることが、地方から出てきて何とか成功し、東京で長く生活できたことの証しでもあったわけです。

地方の人間が東京で生活するとき、納豆売りを足がかりにしていたことは、「東京人の堕落時代」（大正一四・一九二五年）という随筆の次の部分からもわかります。

〈苦学成功の油断から〉

帝大の苦学生で、苦学生の元締めをやっているのがある。本郷に大きな家を借りて苦学生を泊める。納豆を二銭乃至二銭五厘で仕入れて来て、三銭五厘で卸してやる。苦学生はこれを五銭に売って食費を払う。その二階に大学生は陣取って、変な女を取り換え引き換え侍らして勉学？　をしている。

不良とは云えまいが、ざっとこんな調子である。

この文章を読むと、大正時代の末には納豆が五銭で売られていて、小売りで三割のもうけが得られたことがわかります。元苦学生が、都会に出てきたばかりの苦学生を餌食《えじき》に納豆の卸売りまがいのことをして利潤を稼ぎ、自分は悠然と怪しい女性と同棲しているようすなどを見ると、いまどきの遊んでばかりいる大学生を批判できない気もします。

江戸の随筆に登場する納豆

喜田川守貞『近世風俗志』

随筆というと、自分の時々に感じたことなどを筆にまかせて書くという『枕草子』や『徒然草』などを思い浮かべる方が多いでしょう。しかし、江戸時代の随筆はそれだけでなく、筆者がさまざまなことがらを興味関心にまかせて調べ、その内容を書きつづった博物誌的な要素のものが多いのです。

江戸時代になぜそうした随筆が書かれたのかというと、当時も、いわゆる「ヲタク」と「ひまじん」が数多くいたからだといえるでしょう。みなさんの周りには、生まれてこの方一度も働いた経験のないという方はいらっしゃいますか、おそらくはそうした方は現代社会では皆無に近いでしょう。たとえ大手企業の御曹司でも経験を積むために、一度はどこかにサラリーマン修業に出されているのではないでしょうか。江戸時代のように、長期にわたり安定していた身分社会では、大名や大富豪の御曹司に生まれると、一生、働くということと縁のない生活をしていた人も結構いたのです――ちなみに私も繊維業の跡取りさんで親の残した巨万の遺産で食べていて働いたことのない方を現実に知っています――。たとえば、文学作品でいうと夏目漱石の小説『こころ』の「先生」は、そうした雰囲気をただよわせる人物として描かれています。

もしも自分がそういう出自であったらどんなにか幸せだったかと思うのは、凡夫のあさましさというものです。実際にそうした身の上に生まれ落ちたら、まるで定年後に行くあてもなく、毎日、暇を持てあましている元サラリーマンのような生涯を送る羽目になるわけです。いまでしたら、移動の自由もありますし、お金に物言わせて世界中を旅するということも可能ですが、江戸時代の場合はいくら仕事をしなくてよいといっても、「家」には縛られるわけですから、そういうわけにはいきませんでした。その結果として、さまざまな関心を持ったことがらを書物で調べては書き残すことで、無聊《ぶりょう》を慰めていたというわけです。

そうした筆者たち——全てがそういう身の上とは限りませんが——の中には、普通なら見向きもされない「納豆」についても関心を持っていた人がいたようで、次のような描写を見ることができます。

昔と違っているうえにおかしなこととしては、たたき納豆が七月から売られている。

昔に違いし上余りおかしきは、たゝき納豆は七月より出る。

（柴村盛方《もりかた》『飛鳥川』文化七・一八一〇年）

同じころ（明和五・一七八八年）、「ご存じ甘酒」という店が並木（浅草）にあり、今あるあちこちの甘酒屋の元祖である。すべて甘酒または納豆などは、寒中だけ売られていたものだが、最近は、土用に入ると納豆を売りに来る。甘酒は四季いつでも売られている。

同年のころ、御ぞんじあまざけといふ見世、並木にあり。今所々醴見世の元祖なり。すべてあまざけ又納豆など、寒中ばかり商ふことなるに、近きころは、土用入と納豆を売きたる。あまざけは四季ともに商ふこと、なる。

（白峯院『明和誌』文政五・一八二二年）

〔叩《たた》き納豆〕叩き納豆に汁の具材まで添えて売るのも最近のことではない。『人倫訓《じんりんきん》蒙図彙《もうずい》』に、「叩き納豆をうす平たく四角にこしらえて、細かく刻んだ菜と豆腐を添える。値段が安くて（納豆汁が）手早くできる。九月の末から二月いっぱい売りに出る。」とあるので、貞享の頃からもそうであったようだ。納豆は江戸でも近頃までは寒い季節のものであったが、今は、夏でも売り歩いている。ただし、それは粒納豆である。最近は冬でも（納豆汁用の）叩き納豆は珍しく粒納豆を売っている。

た、き納豆に汁の実まで添て売れるも近ごろのことならず「人倫訓蒙図彙」

に、叩納豆薄ひらく四画に拵え、細かき菜豆腐を添うるなり、直やすく早わざの物九月末二月中売に出ると有れば、貞享の頃よりもさありしなり　納豆江戸にも近ごろ迄寒き時節のものにて有しに、今は夏も売ありけり。但し粒納豆なり。此ごろは冬も叩納豆稀にて粒納豆を売れり。

（喜多村信節《のぶよ》『嬉遊笑覧』文政一三・一八三〇年）

〔納豆売〕寛政の頃までは、九月の末から十月にいたって売りに来たものであるが、今は土用の終わるのを待って、納豆売りがやって来る。町の人々の季節感に合わないので、格別に買う人もいないだろう。何事もこのように、暮れに使うごまめも秋から販売し、数の子も年中売るようになり、何の品物にかかわらず、早め早めの商売が多くなった。

寛政頃迄は九月すへより十月に至り、売来ものなるが、今は土用の明くを待て納豆売来るなり、町に応ぜぬ故格別買人も有るまじ、何事もかくのごとく、暮使のごまめも秋より売出し、かずのこも年中売やうになり、何品に依《よ》らず、取越し商内の多成けり。

（山本桂翁《けいおう》『宝暦現来集』天保二・一八三一年）

納豆は寛政頃は、冬至から売り始めたが、次第に早くなって、七月八月九月頃から売り始めた。文政の頃は土用の明けるのを待って売り始めたのを、天保に至っては土用の入り頃から早くも売りに来るようになった。また文政の頃までは叩き納豆を三角形に切り、豆腐と青菜も細かく刻んで添えて、そのまま煮立てれば納豆汁になるばかりに作り、薬味も添えて、一人前を八（文）で売っていたが、天保になって叩き納豆は徐々になくなり、粒納豆ばかりが売られるようになった。

納豆は寛政の頃、冬至より売そめけるが、追々早くなりて七八九月頃より売はじむ、文政の頃は土用の明るを待て売初めしを、天保に至りては土用に入頃よりはや売来る、又文政の頃まではた、き納豆とて三角に切、豆腐菜まで細に切て直に煮立るばかりに作り、薬味まで取揃へ、一人前八ツ、に売りしが、天保

に至りてはた、き納豆追々やみて粒納豆計を売来る

（著者未詳『世のすがた』安政末～天保頃）

〔納豆売り〕大豆を煮て発酵室に一晩入れて売る。昔は冬だけの食品だった。近年は夏も売り歩く。汁にしたり、あるいは醤油をかけて食べる。京都や大坂では自家製のみである。店売りはないようである。いわゆる寺納豆とは異なるものである。寺納豆は味噌の一種である。

大豆を煮て室に一夜してこれを売る。昔は冬のみ、近年夏もこれを売り巡る。汁に煮あるひは醤油をかけてこれを食す。京坂には自製するのみ。店売りもこれなきか。けだし寺納豆とは異なるなり。寺納豆は味噌の属なり。

〔納豆売り〕この売り歩くものは、浜名納豆、寺納豆と言って、毎年の冬に三都（江戸・京都・大坂）ともに寺から曲物（木製の丸い器）に入れて、檀家《だんか》に贈る納豆とは別物である。

この売り巡るものは、浜名納豆および寺納豆と云ひて、毎冬三都とも寺より曲物に入れて旦家に贈る納豆とは別製なり。

（喜田川守貞『近世風俗志』嘉永六・一八五三年）

〔金山寺味噌ならびに納豆〕納豆は吉田で製造するものは生姜を加えた干納豆である。遠州浜松で浜名納豆と言って製造するものは、山椒の辛い皮を加えた干納豆である。江戸では汁に調理して食べるのは、糸引き納豆といって、よくよく煮た豆を発酵室に納めて、粘って糸を引くのをいう

納豆は吉田にて製するは生姜を加たる干納豆なり遠州浜松にて浜名納豆とて製るは山椒の辛皮を加たる干納豆也江戸にて汁に調じて食は糸引き納豆とてよくよく烹たる豆を室中に納て粘て糸を引をいふ

（小山田与清《おやまだともきよ》『松屋筆記』明治四一・一九〇八年）

※内容は文化一五・一八一八年から弘化二・一八四五年頃までを筆記整理したもの

以上の随筆から、江戸時代の納豆についてわかることがいくつかあります。

一つめは、納豆がもともとは季節商品であったということです。発売の時期は九月の末頃であったものが、初物好きの日本人の気質によってか、次第に時期が早まって土用あたりまでになり、やがて年中商品になっていったようです。

自家製の頃は、稲作の田んぼの畦《あぜ》に作った「畦豆」で納豆を仕込むことが一般的だったようです。ですから「畦豆」が収穫されないと納豆の仕込みは始められませんでした。この「畦豆」も、稲作の機械化にともなって姿を消し、農家でも自家製の納豆をますます仕込まなくなってきています。

また、実際に古い納豆業者の方からうかがったお話では、夏場は葦簀《よしず》を作っていたり、氷室を経営したりしていたそうです。納豆が冬の季節の専売品から徐々に年中商品となっていった背景には、庶民の手軽なタンパク源として、それだけ納豆の需要が伸びてきたという理由があるのかもしれません。

注目すべき二つめは、納豆汁としてすぐに食べられるように、叩き納豆に具材の豆腐や薬味まで添えて販売されていたことです。現在の納豆に薬味としてねぎとからしが付きものなのは、もしかすると、この即席納豆汁の薬味としてのねぎやからしの名残なのかもしれません。

ちなみに、『料理物語』（寛永一二・一六三五年）にも

〔納豆汁〕味噌を濃くして出汁《だし》を加えるとよい。茎（青菜の茎や芋がら）・豆腐はとても細かく切って入れるとよい。小鳥の肉を叩き入れるとよい。茎はよく洗って客に出す直前に入れる。納豆は出汁で十分に摺《す》りのばすとよい。吸い口として、からし・ゆず・にんにくが合う。

味噌をこくしてだしくはへよし。くきたうふいかにもこまかにきりてよし。小鳥をたゝき入吉。くきはよくあらひ出しさまに入。納豆はだしにてよくすりのべよし。すい口からし。柚。にんにく。

とありますので、納豆とからしとの縁はかなり古くから一般的だったことがうかがえます。

また、『嬉遊笑覧』に引用されている『人倫《じんりん》訓蒙《きんもう》図彙《ずい》』（元禄三・一六九〇年）にも、納豆売りの姿が描かれています。「叩納豆」とあるように、この納豆は糸引き納豆を叩いたものだと考えられます。

▲『人倫訓蒙図彙』（国立国会図書館蔵）

叩き納豆は薄く平たく四角形につくって、細かい菜や豆腐を添えるものである。値段は安くて、素早くできるものである。九月の末から二月じゅうまで売り出される。富小路《とみのこうじ》通四条上ル町あたりに出まわる。

叩納豆・薄ひらたく四角にこしらへ、細菜たうふを添うる也。ねやすく。早業の物。九月末二月中うり出る。富小路通四条上ル町。

「富小路通四条上ル」は現在の京都市下京区の京都信用金庫本店の近くで、京都の台所といわれる錦市場の南側に位置するあたりです。関西人は納豆を食べないという現代人の思いこみへの有力な反証の一つになる資料といえます。また、冬場にスーパーで見かける「鍋料理セット」や夏場の「冷奴セット」といった日本人の好きな「セット物」の原形もここに見ることができます。つまり、納豆汁がすぐに作れるようにセット化して売られていたというわけです。

三つめは、『人倫訓蒙図彙』からもわかるように「関西には納豆を食べる習慣がない」というステレオタイプの俗信は真実ではないということです。『近世風俗志』にあるように、京阪地域での納豆は自家製が中心でした。農村部での自家製造が衰退するにともなって食べられなくなったことが、現在、関西で納豆が食べられなくなった原因につながっていると考えられます。つまりは、納豆の食品としての流通経路が関西圏では構築されず、次第に納豆が食べられなくなり、その結果、「関西では納豆は食べない」と誤解されるようになったといえるでしょう。

食文化というものは、ある部分できわめて保守的ですが、その一方でじつはとても脆《ぜい》弱《じゃく》な存在です。和食がユネスコの文化遺産に登録されましたが、それも、日本の子供たちの好物が「カレー・スパゲッティー・ハンバーグ」となり、「肉じゃが・ひじきの煮物・焼き魚」から遠ざかっていることへの危機感に起因していることをご存じの方は意外に少ないでしょう。つまり、親世代が食べない（食べさせない）と次世代は食べなくなり、その次の世代は存在すら知らないということになりかねないのです。関西圏における納豆の食文化は、まさにそのことを如実に物語っています。

さらに、江戸時代の随筆からもう一つわかるとても重要なことがあります。『近世風俗志』には、

平日のご飯。京阪は午飯《ひるめし》、俗に言う昼飯、または中食のときに炊飯する。午飯に煮物または魚・味噌汁など二三品を合わせて食べる。

江戸は朝に炊飯し、味噌汁と合わせて食べ、昼と夕は冷えた飯ばかりである。そ

して、昼は一菜をそえる。蔬菜《そさい》や魚などは必ず午食に出す。夕食はお茶漬けと香の物を出す。

平日の飯、京阪は午飯、俗に言ふひるめし、あるひは中食と言ひ、これを炊く。午飯に煮物あるひは魚類、または味噌汁等、二、三種を合せ食す。江戸は朝に炊き、味噌汁を合せ、昼と夕べは冷飯を専らとす。けだし昼は一菜をそゆる。菜蔬あるひは魚肉等、必ず午食に供す。夕飯は茶漬に香の物を合す。

とあり、一般の家庭では一日に一度しかご飯は炊かなかったことがわかります。もちろん、町人でも大家や大店《おおだな》などでは三度とも炊飯し、おかずも付けたとのことですが、それは稀《まれ》であったようです。

納豆が江戸の朝ごはんの定番になったのは、おそらくは、朝、ご飯を炊いて味噌汁を作るときに、その味噌汁の具として納豆が使われていたからでしょう。夜食としても食べられていた納豆汁は、先にあげた蕪村の「朝霜や室の揚屋の納豆汁」の句からも想像できるように、朝食の膳にものぼったのでしょう。

江戸っ子は気が短いといいますが、夢野久作も描いていたようによほどせっかちな人がいて、その納豆汁の具を炊きたてのご飯にそのままのせて食べたところ、それはそれでなかなかおいしかったため、やがて納豆を熱々のご飯にかけて食べる習慣が生まれてきたとは考えられないでしょうか。京阪でそうした朝食の習慣が生まれなかったのは、前日の昼に炊いたご飯を翌朝には茶漬けや茶がゆとして食べていたためかもしれません。

現在の朝ご飯の定番として納豆が定着した背景には、そうした江戸時代の食習慣も影響しているのかもしれません。

納豆の博物誌

人見必大『本朝食鑑』

『本朝食鑑』（元禄一〇・一六九七年）は、医師である人見必大（一六四二？―一七〇二）が中国は明の『本草綱目』にならって編纂《へんさん》した、食用・薬用になる植物や動物についてまとめた百科事典です。その巻二「穀部」には納豆について次のように紹介されています。現代語訳は島田勇雄の訳注（一九七六年）にしたがいます。

納の字の出所は未詳である。ある人は、「僧家の庖厨《せいどころ》を納所《なっしょ》という。納豆は近代《ちかごろ》は僧家で多く造っている。この豆が僧家の納所で造られるのでこう名づけるのであろうか」という。この説もまだ的当《ママ》とはいえない。

納の字、未だ詳らかならず。或いは謂ふ、僧家の庖厨を納所と号す。納豆は近代、僧家多く造る故に、此の豆を以て、僧家の納所に出でて之に名とするか。此れも未だ適当為たらず。

このように、「納豆」の語源は寺院の台所を指す納所の「納」と「豆」とが結びついたものだと疑義を残しつつも説明しています。また作り方についても、次のように説明しています。

納豆は豉《みそ》に似ているが、製法は豉とは異なっている。現今では二種があり、一種の法は、好い白大豆を水に浸し、煮熟《よくに》て、水気がなくなり豆がすっかり熟《にえ》てから取り出し、薦の上に拡げて、そのまま土窖《あなぐら》の中に入れ、粘泥《ねばねば》を生じるようになってから稲草《わら》に包んで収め貯える。用いる時には、まな板の上で細末に刻み、水に研《す》り、煮て汁を作り、塩・酒および魚鳥・菜を加える。これを納豆汁という。辛子菜の子《み》の泥《とぎじる》をつけて食べると最も味が佳い。

納豆豉に似て其の製法殊なり。今二種有り。一種、良き白大豆を水煮熟く、水の尽き豆熟するを候て、取出し、席上に拡て、土窖の中に入れ、粘泥生じ候て、稲草に嚢して、之を収め貯ふ。用る時、板上に刻み末し、水に研り、汁を作る。塩酒及び魚鳥菜に和し、此を納豆汁と称す。芥菜子泥を放て、最佳なり。

ここでも、納豆汁としての納豆の食べ方が紹介されています。「芥菜」の実の汁を薬味にするという発想は、現在の納豆にも薬味としてからしが添えられていることへとつながっているのかもしれません。

子どもたち手習いで「納豆」

『庭訓往来』

『庭訓往来』は、室町時代から江戸時代を通じて広くおこなわれた、初学者用の代表的な教科書のひとつです。「往来」と名前がついているとおり、手紙文が月ごとにテーマを決めて一二ヵ月に配列され、それにまつわる語彙がつづられていくのがこの本の特徴です。ただし、実用の手紙の文例集というより、日常生活に必要な語句が手紙の形式をかりてならべられ、それらの知識を獲得させることを目的としています。

次の写真は江戸時代初期（寛永五・一六二八年）に刊行された『庭訓往来』の一部です。『庭訓往来』自体は室町時代初期にすでに子ども向けの教科書として使われていた

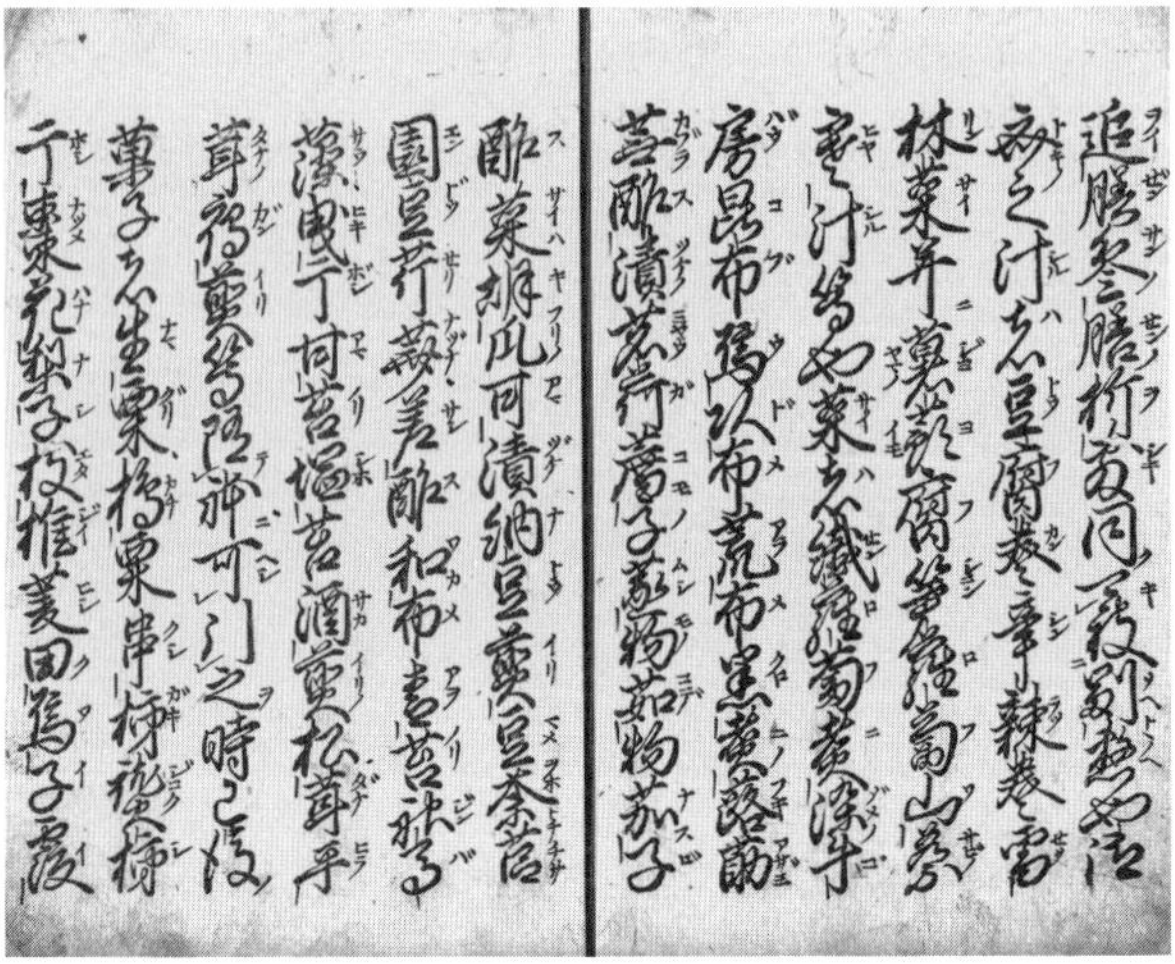

▲『庭訓往来』（国立国会図書館蔵）

と考えられているので、歴史的にはじつにたくさんの子どもたちがこの教科書で学習させられてきたということになります。

「納豆」は一〇月の寺院の行事の精進料理の献立の一部に登場します。御齋の汁はとはじまり、「……酢菜胡瓜甘漬《すさいはきゅうりのあまづけ》」と漬物までが書かれたあとに、「納豆煎《なとういり》豆《まめ》……」と登場します。「煎豆」とならんでいるので、主菜や副菜ではなく、漬物などのように飯の添え物としての「納豆」だったと考えられます。そのため、これは糸引き納豆ではなく、浜納豆であったとすべきでしょう。

ちなみに「庭訓」とは、息子である伯魚《はくぎょ》が庭を通過するときに、孔子が教えて導いたところから、「家庭教育」や「教育」を指します。卒業式でよく歌われた「仰げば尊し」の「訓《おし》えの庭にもはや幾年《いくとせ》」の一節もこの語に由来しています。

現在の教育とは異なり、江戸時代はとにかく「読み書きそろばん」を徹底することが教育でした。ひたすら書いて覚えることが基本でしたから、寺子屋ではたくさんのやんちゃ坊主たちが、墨で「納豆」の字を何回も書かされていたということになります。そんな光景を想像すると、どことなく微笑《ほほえ》ましい気がいたします。

はしやすめ
その一

なぜ「納豆」は「なっとう」と読むのか

漢字には、「納」を「ノウ」と読む〈音読み〉と「おさめる」と読む〈訓読み〉があることは、皆さんもよくご存じだと思います。〈音読み〉はさらに大きく、呉音・漢音・唐宋音の三つの読み方に分かれます。

たとえば、そのことは次の熟語の読みからわかります。「修行」・「行動」・「行灯」の「行」の字は、それぞれ「ギョウ」・「コウ」・「アン」と読めます。これが呉音・漢音・唐宋音にあたるのです。どの漢字にもすべてこの三つがあるとは限りませんが、基本的には漢字の音読みは一通りではないのです。

「納」という漢字を「ノウ」と読むのは、この「呉音」にあたります。この呉音とは、もともと中国の南方の発音に基づいた漢字の読み方といわれ、日本には七世紀頃までに伝わったとされています。やがて多くの漢字の読みは漢音に代わられていきますけれども、仏教関係の語の多くは呉音をそのまま継承して読んでいるものが多いのです。たとえば、さきほどの「修行」もそうですが、仏様の前でお経を唱える「勤行」を、「キンコウ」と読まないで「ゴンギョウ」と読むのもそうした理由によると考えてよいでしょう。

「納豆《ナットウ》」という読み方は、「納」の呉音の「ノウ」の慣用的読み方である「ナッ」（納得）・「ナ」（納屋）・「ナン」（納戸）のなかの「ナッ」が使われているわけです。

　納豆はおそらく寺院を通して日本に伝来したため、このように呉音を元とした読み方が、ながく継承されてきたものと考えられるでしょう。ごナットクいただけましたでしょうか。

では「豆」の方はどうなのでしょう。こちらは「大豆」のように呉音の「ズ」ではなく、「豆腐」のように漢音で「トウ」と読んでいます。

漢字の熟語は本来はどちらも呉音で「ナッズ」と読むか、漢音で「ノウトウ」と読まれるべきところのようです――かつて職場を同じくした漢文のS先生との飲み会の席でのご教示によります――。「納豆」は漢字の音の点からも、やはりバランス食品になっているといえるのでしょうか。

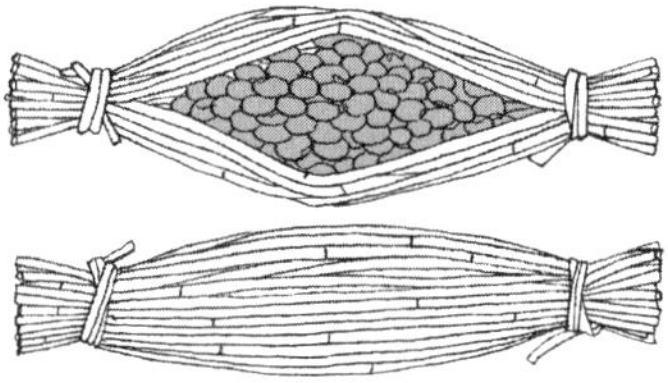

名文のなかの納豆

夏目漱石『門』

明治の文豪夏目漱石（一八六七―一九一六）については、いまさら解説するまでもないでしょう。漱石の作品の代表作の一つ『門』は、明治四三年（一九一〇）に「朝日新聞」に連載され、翌年一月に刊行されました。この作品は『三四郎』『それから』に続く、前期三部作最後の作品とされます。親友であった安井を裏切り、その妻であるお米《よね》と結婚した下級官吏の野中宗助《そうすけ》が、その罪悪感から救いを求める姿を季節の移ろいとともに描いた作品です。

漱石は、この作品の執筆中に胃潰瘍《いかいよう》を患い、修善寺で療養中に大量の吐血をして生死の境をさまよいます。『門』はそんな状況下で漱石が書いた小説だったのです。そのためか、この作品は恬淡《てんたん》とした味わい深い文章になっています。その中に納豆売りが、冬の風情を巧みに表現する点描として登場している点に注目したいものです。

円明寺の杉が焦げたように赭黒《あかぐろ》くなった。天気の好い日には、風に洗われた空の端《は》ずれに、白い筋の嶮《けわ》しく見える山が出た。年は宗助夫婦を駆《か》って日ごとに寒い方へ吹き寄せた。朝になると欠かさず通る納豆売の声が、瓦《かわら》を鎖《とざ》す霜《しも》の色を連想せしめた。宗助は床の中でその声を聞きながら、また冬が来たと思い出した。御米《およね》は台所で、今年も去年のように水道の栓《せん》が氷ってくれなければ助かるがと、暮から春へ掛けての取越苦労をした。夜になると夫婦とも炬燵《こたつ》にばかり親しんだ。そうして広島や福岡の暖かい冬を羨《うら》やんだ。

宗助とお米が明治四二年の晩秋から翌年の早春にかけての時間を過ごす中で、彼らの心情と季節感がとても巧みに重ね合わせられています。納豆売りの声が、「瓦を鎖す霜の色を連想せしめた」というようにやがて訪れるであろう冬の厳しさを聴覚から予感させる存在として織り込まれています。

夏目漱石は、江戸の名家の一つである夏目家を継ぎました。イギリス留学のイメージが強い漱石ですが、江戸っ子としての自負は当然あったことでしょう。「坊っちゃん」にもそうした江戸っ子の気質を垣間見ることができます。江戸の冬の朝の厳しさを納豆売りの声から描こうとしているのは、やはり、納豆を冬の風物詩としていた江戸時代の余韻からでしょうか。

死期を迎えたなかで聞いた納豆売りの声

正岡子規「九月十四日の朝」

司馬遼太郎の小説『坂の上の雲』がドラマ化され、さらに人気を博している正岡子規(一八六七—一九〇二)は、近代短歌俳句の改革者としても知られています。その子規は明治三五年(一九〇二)九月一九日に永年にわたる結核との闘病生活の果てに亡くなりました。死期の迫っていた病床にあって、亡くなる五日前にあたる九月一四日の早朝、子規は納豆売りの声を耳にして、わざわざ納豆を買い求めさせていたのです。

正岡子規の病床日記である『病牀六尺《びょうしょうろくしゃく》』には、その食生活が克明に記録され、彼の健啖《けんたん》ぶりを知ることができます。しかし、子規は周知の通り松山の出身であるためか、残念ながらこの日記には納豆は登場していません。

にもかかわらず、なぜ子規は家人に納豆を買わせたのでしょう。

それは、子規自身が「奨励のため」に納豆を買ってやりたくなると書いているとおり、病床にあっても、苦労して納豆を売り歩いているであろう人たちにたいして、いたわりのまなざしを向けることを忘れていなかったためと考えられます。「九月十四日の朝」（明治三五・一九〇二年）を読むと、そうした子規のやさしさと病身とは思えない筆致のすごさに気づかされます。


時は六時を過ぎた位であるが、ぼんやりと曇った空は少しの風もない甚だ静かな景色である。窓の前に一間半の高さにかけた竹の棚には葭簀《よしず》が三枚ばかり載せてあって、その東側から登りかけて居る糸瓜《へちま》は十本ほどのやつが皆痩《や》せてしもうて、まだ棚の上までは得取りつかずに居る。花も二、三輪しか咲いていていない。正面には女郎花《おみなえし》が一番高く咲いて、鶏頭《けいとう》はそれよりも少し低く五、六本散らばって居る。秋《しゅう》

海棠《かいどう》はなお衰えずにその梢《こずえ》を見せて居る。余は病気になって以来今朝ほど安らかな頭を持て静かにこの庭を眺めた事はない。嗽《うが》いをする。虚子と話をする。南向うの家には尋常二年生位な声で本の復習を始めたようである。やがて納豆売が来た。余の家の南側は小路にはなって居るが、もと加賀の別邸内であるのでこの小路も行きどまりであるところから、豆腐売りでさえこの裏路へ来る事は極《きわめ》て少ないのである。それでたまたま珍らしい飲食商人が這入って来ると、余は奨励のためにそれを買うてやりたくなる。今朝は珍らしく納豆売りが来たので、邸内の人はあちらからもこちらからも納豆を買うて居る声が聞える。余もそれを食いたいというのではないが少し買わせた。

また、正岡子規の臨終のようすを、弟子の一人で子規の俳句革新運動の志をついで近代俳句の隆盛の基礎をつくった高浜虚子（一八七四―一九五九）が『子規居士と余』（大正四・一九一五年）の中で次のように書き残しています。

即ち居士の日課の短文――『病牀六尺』――はこれ（注・一七日の記事）で終末を告げている。そうして居士は越えて一日、九月十九日の午前一時頃に瞑目《めいもく》したのであった。実に居士は歿前二日までその稿を続けたのであった。

もっともそれらの文章は、代り合って枕頭に侍していた我らが居士の口授を筆記したものであった。前に陳《の》べた余が居士の足を支えたというのはたしか十三日であったかと思う。

十三日の夜は余が泊り番であった。余は座敷に寝て、私《ひそ》かに病室の容子を窺《うかが》っていたのであったが、存外やすらかに居士は眠った。居士の眼がさめたのはもう障子が白んでからであった。

まず居士は糞尿の始末を妹君にさせた。その時、「納豆々々」という売声が裏門に当る前田の邸中に聞こえた。居士は、

「あら納豆売が珍らしく来たよ。」と言った。それから、「あの納豆を買っておやりなさいや。」と母堂に言った。母堂は縁に立ってその納豆を買われた。

居士はこの朝は非常に気分がいいと言って、余に文章を筆記させた。「九月十四日の朝」と題する文章がそれで、それは当時の『ホトトギス』に載せ、『子規小品文集』中にも収めてある。

納豆は、もともと江戸時代には盆過ぎになって出てくる秋から冬の季節商品でした。俳句の名手であった子規はもしかするとそのことに気づいていて、こうして秋の朝の風物に納豆売りの声を取り合わせて、聞いていたのかもしれません。

澄んだ秋の朝の路地裏に響いた納豆売りの声が、子規の病床をなぐさめたのは、食欲からではなく、そうした俳句心を呼びさますものであったからにちがいありません。

これらの随筆にしたがえば、子規は亡くなる五日前の早朝、自宅の路地に入ってきた納豆売りの声を耳にして、たしかに母親に買わせています。実際に口にしたかどうかは別として、少なくとも子規の意志で納豆が買われたことはたしかです。それは、おそらく早朝に奥まった子規宅の路地にまで売りに来た納豆売りの声が、病床の子規の心になにがしかの思いをもたらしたからでしょう。

四国から東京に出てきて、夢半ばで病のために志を遂げられなかった自らの無念さが、早朝からけなげに納豆を売りに来た若者の姿とひょっとしたら重なって、子規に納豆を買わせたのではないでしょうか。激痛にたえての闘病生活のなかで、子規は前途ある若者へのやさしいまなざしと励ましを忘れてはいなかったのです。

松山市立子規記念博物館の子規の俳句データベースで、「納豆」と検索すると、以下の三〇句を見ることができます。この数の多さは、彼の日記などからわかる食生活を考えると矛盾する印象を持ちます。子規自身は納豆を好んだ形跡が見られないためです。では、子規はなぜ納豆の句をこのように残しているのでしょうか。

井上泰至『近代俳句の誕生』(二〇一五年)の「子規に江戸文化への憧れがなかったのかといえば、そうではない。むしろ、濃厚にあった、というべきである」という指摘が、その答えを導いてくれます。「写生」を専らに説いた子規が、自身では口にすることがなかったであろう納豆を俳句に多く詠んだのは、彼が納豆に江戸の風情を求めていためかもしれません。

紙衣《かみこ》きて手製の納豆味甘し
納豆の味を達磨《だるま》に尋ねばや
やうやうに納豆くさし寺若衆
梅さくや納豆を鬻《ひさ》ぐ法師あり
納豆や飯焚一人僧一人
骨は土納豆は石となりけらし

これらは糸引き納豆か浜納豆かの区別がむずかしい句です。「納豆や飯焚一人僧一人」は、炊きたてのご飯を思わせる句ですので、糸引き納豆と考えてもよいでしょう。

以下、断然多いのが納豆汁の句です。芭蕉や蕪村の句にもあったように、納豆汁はまさに冬を代表する風物詩であったわけですので、子規もその伝統にしたがって数多くの句を詠んだのかもしれません。

禅寺や吹雪くる夜を納豆打
吹雪くる夜を禅寺に納豆打ツ
人も来ず時雨の宿の納豆汁
梅の花うかせて見はや納豆汁
傾城の噂を語れ納豆汁
摺小木《すりこぎ》に鶯来鳴け納豆汁
山僧や経読みやめて納豆打つ
禅僧や仏を売て納豆汁
納豆汁腹あた、かに風寒し
納豆汁卜傳《ぼくでん》流の翁かな
起よけさ叩け納豆小僧ども

納豆汁しばらく神に黙祷す
納豆汁女殺したこともあり
草庵の暖炉開きや納豆汁
白味噌や此頃飽きし納豆汁
我庵の煖炉開きや納豆汁

さらに、子規の病床記に登場した納豆売りも句の中で活躍しています。上京してはじめて耳にしたであろう納豆売りの声は、子規にとって江戸情緒を感じる東京ならではの売り声であったからでしょう。

納豆喰ふ屋敷もふゑて根岸町
納豆喰ふて児学問に愚なり
納豆売る声や阿呆の武太郎

納豆の声や座禅の腹の中
豆腐屋の来ぬ日はあれと納豆売
歌ふて曰く納豆売らんか詩売らんか
納豆を負ふて孀と見ゆれ納豆売
納豆売新聞売と話しけり

どことなく郷愁をさそう納豆売りの声は、江戸らしい音の風物詩であったのと同時に、勉学の志半ばで病床にふせざるをえなかった子規にとって、自分と同じく地方から東京へと志を抱いてやってきた若者たちの声でもあったのでしょう。また、貧しくも懸命に生きようとする庶民の声でもあったからこそ、こうしてたくさんの句にとりあげたとはいえないでしょうか。

武蔵野のわびしさを思わせる納豆売りの声

国木田独歩「武蔵野」

国木田独歩（一八七一―一九〇八）の代表作である「武蔵野」（明治三一・一八九八年）は、彼が住んだ渋谷村（現在の東京都渋谷区）に残る武蔵野の雰囲気を独自の筆致で書いた名作です。いまや渋谷といえば、日本を代表する繁華街ですが、当時はまだまだ東京では郊外であり、牧歌的な雰囲気も漂うところでした。そうした郊外の雰囲気を独歩は納豆売りを織り交ぜながら次のように描いています。

＝　日が暮れるとすぐ寝てしまう家《うち》があるかと思うと夜《よ》の二時頃まで店の障子に火影《ほかげ》

を映している家がある。理髪所《とこや》の裏が百姓家《や》で、牛のうなる声が往来まで聞こえる、酒屋の隣家《となり》が納豆売の老爺《ろうや》の住家で、毎朝早く納豆納豆と嗄声《しわがれごえ》で呼んで都のほうへ向かって出かける。夏の短夜が間もなく明けると、もう荷車が通りはじめる。ごろごろがたがた絶え間がない。九時十時となると、蝉《せみ》が往来から見える高い梢で鳴きだす、だんだん暑くなる。砂埃《すなぼこり》が馬の蹄《ひづめ》、車の轍《わだち》に煽《あお》られて虚空に舞い上がる。蝿《はえ》の群が往来を横ぎって家から家、馬から馬へ飛んであるく。

それでも十二時のどん（注・時刻を知らせるための空砲のこと）がかすかに聞こえて、どことなく都の空のかなたで汽笛の響がする。

東京の郊外のつつましやかな生活ぶりを音を中心として表現している中に、納豆売りの声も含まれています。「老爺」の「納豆売」とありますので、年老いたおじいさんが朝早くから、生活の糧を求めるために、都心まで歩いて納豆を売りに出かけていっているというのでしょう。早朝に年老いた納豆売りのしわがれ声が遠ざかっていくのを、独

歩はどこで聞いていたのでしょう。まだ寝床の中だったのでしょうか。

江戸から東京へと姿を変えていくなかで、武蔵野の田園風景と独歩の弱者へのやさしいまなざしとあいまって、独特の文学の世界を作りあげています。

幻想作家の用いた納豆の声

泉鏡花「春昼後刻」

泉鏡花（一八七三―一九三九）は新派の名作『滝の白糸』『婦系図《おんなけいず》』でよく知られている作家ですが、その作風は観念的でロマンに満ちた文体です。この「春昼後刻」（明治三九・一九〇六年）も、まさに幻想的な作品です。

櫃原《かしわばら》の奥深く、蒸し上るように低く霞《かすみ》の立つあたり、背中合せが停車場《ステイション》で、その腹へ笛太鼓の、異様に響く音《ね》を籠《こ》めた。其処《そこ》へ、遥かに瞳を通わせ、しばらく茫然《ぼうぜん》とした風情であった。

「そうですねえ、はじめは、まあ、心持、あの辺からだろうと思うんですわ、声が聞えて来ましたのは、」

「何んの声です？」

「はあ、私が臥《ふせ》りまして、枕に髪をこすりつけて、悶《もだ》えて、あせって、焦《じ》れて、つくづく口惜《くやし》くって、情《なさけ》なくって、身がしびれるような、骨が溶けるような、心持でいた時でした。先刻《さっき》の、あの雨の音、さあっと他愛《たわい》なく軒へかかって通りましたのが、丁《ちょう》ど彼処《あすこ》あたりから降り出して来たように、寝ていて思われたのでございます。

あの停車場の囃子《はやし》の音に、何時《いつ》か気を取られていて、それだからでしょう。今でも停車場の人ごみの上へだけは、細い雨がかかっているように思われますもの。まだ何処《どこ》にか雨気が残っておりますなら、向うの霞の中でしょうと思いますよ。

と、その細い、幽《かすか》な、空を通るかと思う雨の中に、図太い、底力《そこぢから》のある、そして、さびのついた塩辛声を、腹の底から押出して、

（ええ、ええ、ええ、伺います。お話はお馴染《なじみ》の東京世渡草《よわたりぐさ》、商人《あきんど》の仮声物真似《こわいろものまね》。先ず神田辺の事でござりまして、ええ、大家《たいけ》の店前《みせさき》にござります。夜のしらしら明けに、小僧さんが門口《かどぐち》を掃いておりますると、納豆、納豆――）

と申して、情ない調子になって、

（ええ、お御酒《みき》を頂きまして声が続きません、助けて遣《や》っておくんなさい。）

と厭《いや》な声が、流れ星のように、尾を曳《ひ》いて響くんでございますの。

私は何んですか、悚然《ぞっ》として寝床に足を縮めました。しばらくして、またその（ええ、ええ、）という変な声が聞えるんです。今度は些《ちっ》と近くなって。

それから段々あの橿原の家を向い合いに、飛び飛びに、千鳥にかけて一軒一軒、何処《どこ》でもおなじことを同一《おなじ》ところまで言って、お銭《あし》をねだりますんでございますがね、暖い、ねんばりした雨も、その門附《かどづ》けの足と一緒に、向うへ寄ったり、こっちへよったり、ゆるゆる歩行《ある》いて来ますようです。

その納豆納豆――というのだの、東京というのですの、店前だの、小僧が門口を掃いている処《ところ》だと申しますのが、何んだか懐しい、両親の事や、生れました処なんぞ、昔が思い出されまして、身体《からだ》を煮られるような心持がして我慢が出来ないで、掻巻《かいまき》の襟《えり》へ喰《く》いついて、しっかり胸を抱いて、そして恍惚《うっとり》となっておりますと、やがて、些《ち》と強く雨が来て当ります時、内《うち》の門《かど》へ参ったのでございます。

（ええ、ええ、ええ、）

と言い出すじゃございませんか。

（お話はお馴染の東京世渡草、商人の仮声物真似。先ず神田辺の事でございまして、ええ、大家の店さきでございます。夜のしらしらあけに、小僧さんが門口を掃いておりますと、納豆納豆——）

とだけ申して、

（ええ、お御酒を頂きまして声が続きません、助けて遣っておくんなさい。）

と一分《ぶ》一厘《りん》おなじことを、おなじ調子でいうんですもの。私の門へ来ましたまでに、遠くから丁ど十三度聞いたのでございます。」

主人公の散策子と女主人公玉脇みをとの会話は摩訶不思議《まかふしぎ》です。田舎町に突如聞こえてくる、酔った芸人の納豆の売り声がモチーフとして使われています。そして、それは神田あたりの商家の店先という設定での納豆売りの物まねの声だとなっています。金沢生まれの鏡花にとっても、おそらくはじめて上京したときに耳にした「納豆納豆――」と長くひく東京の納豆売りの声が印象に深く残っていたのでしょう。そのわびしげな声を、こうして幻想的な作品のなかにうまくとりいれていったのかもしれません。

「納豆」の売り声で目覚めた江戸の町

式亭三馬『浮世風呂』

納豆の売り声が「なっとーなっとーなっと」だったことは、昭和四〇年代まで実際に納豆売りがきていた頃を知る方はおわかりでしょう。私も、かすかにブリキの箱を担いだ納豆売りの姿を見た記憶があります。では、あの売り声はいつ頃からそうなったのでしょうか。現代のように録音機器がない時代で、それを確認するのはとてもむずかしいことです。

江戸後期を代表する洒落本や滑稽本などの作家の一人に式亭三馬（一七七六―一八二二）がいます。その代表作であり江戸の銭湯を舞台としてあらゆる種類の人々の会話を

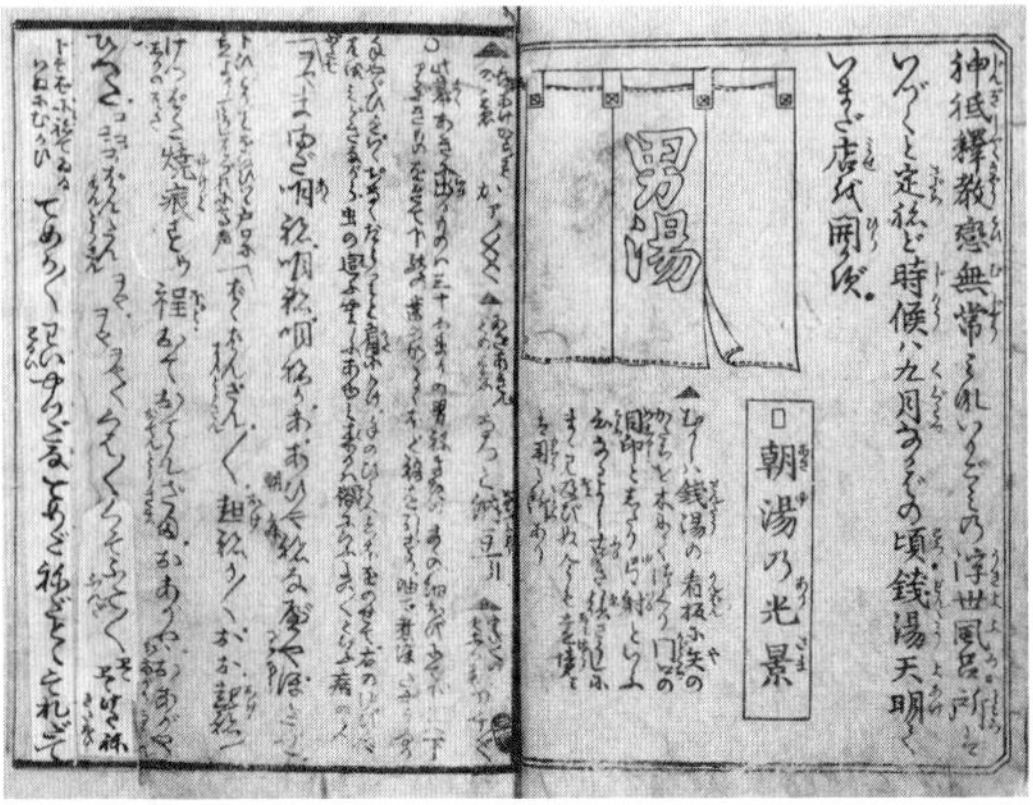

▲『浮世風呂』（早稲田大学図書館蔵）

とらえ、誇張を交えつつも活写していった作品が『浮世風呂』（文化六・一八〇九年）です。「朝湯の光景《ありさま》」の冒頭には、次のような一節があります。

▲夜あけからすのこゑ　かァ〳〵〳〵

▲あさあきんどのこゑ　なつと納豆引

△家〳〵の火打の音　カチ〳〵

テープレコーダーなどの録音装置もない時代の納豆売りの声を忠実に伝える資料として、この部分はとても貴重だといえます。「なつと納豆引」と書かれているように、「引」と書き添

えられているのは、おそらく、みなさんご存じの「なっとー、なっとー」という近代の売り声と同じように、声をのばしていたからでしょう。また、この頃になると、他の文献に見られる「たたき納豆」という売り声ではなくなってきていることも興味深いところです。

カラスが「かァ」と鳴いて夜が明けると、納豆売りが「なっとなっとー」の売り声でやってきます。そして納豆売りがやってくると、長屋のおかみさんたちは朝ごはんの仕度に取りかかり、火打石の音が「カチカチ」とあちこちから聞こえてくるわけです。現代でしたら、スイッチ一つですむところですが、朝ご飯の支度もまずは火をおこすところからしなくてはならなかった江戸の庶民の暮らしぶりの不便さがしのばれます。しかし、たしかにそれは気の毒にも思いますが、逆に、そうしたスローライフだからこそ、家々から聞こえる朝の営みの音がのどかな風情を醸し出してもくれていたのかもしれません。納豆売りの声は、江戸の朝を代表する音として、まさに街の目覚まし時計のように認知されていたというわけです。

さびしさのなかで生きる力を思う納豆売りの声

林芙美子『放浪記』

林芙美子《ふみこ》（一九〇三―五一）の代表作である『放浪記』（昭和三・一九二八年）は映画や舞台でも知られる昭和を代表する名作のひとつです。とくに舞台は森光子の主演で二〇〇〇回を超えるロングランを誇ったことでも知られています。昨年は、仲間由紀恵が主演して再び上演されるようになり、脚光を浴びました。そのため、小説そのものをお読みでなくても、舞台を通してご存じの方も少なくないでしょう。

その『放浪記』にも納豆が登場します。貧しさのなかで疲れ果てた「私」が物憂い朝を迎え、納豆売りのおばあさんからあわてて納豆を買う場面は、叙情的な五月の朝に日常の「生活」をふとよみがえらせたシーンとも読みとれます。林芙美子は納豆を「生きる」力の象徴としてとらえていたかのようにさえ思わされます。

夢の中で、わけもわからぬひとに逢う。宿屋の寝床で白いシーツの上に、頭蓋骨の男が寝ている。私をみるなり手をひっぱる。私はちっとも怖わがらないで、そばへ行って横になった。私は、なまめかしくさえしている。

眼がさめてから厭《いや》な気持ちだった。

寝床の中で詩を書く。

納豆売りのおばさんが通る。あわてて納豆売りのおばさんを二階から呼びとめて、階下へ降りてゆくと、雨あがりのせいか、ぱあっと石油色に道が光っている。まだあまり起きている家もない。雀だけが忙《せ》わしそうに石油色の道におりて遊んでいる。何処からか、鳩も来ている。栗の花が激しく匂う。

納豆に辛子をそえて貰う。

私はこのごろ、もう自分の事だけしか考えない。家族のある、あたたかい家庭と云うものは、何万里もさきの事だ。

風薫る五月。さわやかな風が吹くこの季節に、芙美子は物憂さを感じています。そんな状況でも彼女はあわてて納豆を買いにいくのです。そして、納豆を買いつつ、「あたたかい家庭」への憧れと、そこにたどりつくことの難しさも感じて、あらためて物憂い失望感を感じてしまいます。

寝床の中で詩を書いている芙美子は、納豆売りのおばさんを呼びとめて、納豆を買います。「詩」という芸術世界と「納豆」とのコントラストが、林文学を象徴しているようです。貧しい生活のなかで求める芸術。生きる力を求めるための文学。納豆はまさにそうした「生活」や「生きる力」の源として登場しているかのようです。「納豆に辛子をそえて貰う」という一節が詩として読めてしまうのは、彼女の文学の力強さのせいかもしれません。

家族で囲む朝のにぎやかな食卓にのぼるはずの納豆は、さびしく一人で五月の朝を迎えた芙美子に、家族のぬくもりをふと思い出させたのではないでしょうか。

物理学者の目から見た納豆売り

寺田寅彦「物売りの声」

寺田寅彦（一八七八―一九三五）は物理学者であり、夏目漱石の門下生で随筆家としても有名です。彼の「物売りの声」（昭和一〇・一九三五年）という随筆には納豆売りが登場します。

毎朝床の中でうとうとしながら聞く豆腐屋のラッパの音がこのごろ少し様子が変わったようである。もとは、「ポーピーポー」というふうに、中に一つ長三度くらい高い音をはさんで、それがどうかすると「起きろ、オーキーロー」と聞こえたものであるが、近ごろは単に「ププー、プープ」というふうに、ただひと色の音の系列になってしまった。豆腐屋が変わったのか笛が変わったのかどちらだかわからない。昔は「トーフイ」と呼び歩いた、あの呼び声がいったいいつごろから聞かれなくなったかどうも思い出せない。すべての「ほろび行くもの」と同じように、いつなくなったともわからないようにいつのまにかなくなり忘れられ、そうして、なくなり忘れられたことを思い出す人さえも少なくなりなくなって行くのであろう。

納豆屋の「ナットナットー、ナット、七色唐辛子《なないろとうがらし》」という声もこの界隈《かいわい》では近ごろさっぱり聞かれなくなった。そのかわりに台所へのそのそ黙ってはいって来て全く散文的に売りつけることになったようである。

「豆やふきまめー」も振鈴の音ばかりになった。このごろはその鈴の音もめったに聞かれないようである。ひところはやった玄米パン売りの、メガフォーンを通して妙にぼやけた、聞くだけで咽喉《のど》の詰まるような、食欲を吹き飛ばすようなあのバナールな呼び声も、これは幸いにさっぱり聞かなくなってしまった。

「トーフイ」や「ナットナットー、ナット」といった街から聞こえてきた物売りの声が次第に消えつつあるようすを、科学者らしく冷静な分析で表現しています。富貴豆は声だけでなく代わりの鈴の音もしなくなり、玄米パンのバーナルな（春のようにぼやけた）声も耳にしなくなったなか、納豆売りが売り声を出さずに売る姿を「散文的に売りつける」と描くあたりはなかなか楽しい表現ではないでしょうか。

はしやすめ
その二

南蛮人たちも納豆汁を食べたかも

納豆には、麹《こうじ》と大豆から作る浜納豆（大徳寺納豆、塩干納豆）と、納豆菌と大豆から作る糸引き納豆があることは、ここまでにも何度か紹介してきました。では糸引き納豆が辞書に見られるくらい一般的になったのはいつごろなのでしょうか。それは『日葡辞書《にっぽ》』（慶長八・一六〇三年）という辞書あたりからです。この辞書は室町時代の終わりに日本にやってきたキリスト教宣教師たちが、日本語の学習のために作成した日本語とポルトガル（葡萄牙）語の辞書です。日本語には発音記号がないために、この辞書は比較的古い日本語の発音を知るうえでも、たいへんに役立つ辞書として知られています。そこには納豆について、

Natto（ﾍ）ナットゥ（納豆）　大豆を少し煮てから室の中に入れて作る食物の一種

Natto（ﾍ）jiru（納豆汁）　この大豆を材料として作った汁

というように発音と説明がつけられています。「室の中に入れ」ると、製造方法にもふれているので、それが糸引き納豆であったことも確認できます。さらに、納豆汁についての項目も立てられていることから、その食べ方として納豆汁が普及していたこともうかがえるわけです。

日本にキリスト教を伝えたことで知られるフランシスコ・ザビエル（一五〇六―五二）も、もしかすると日本のどこかで納豆汁をふるまわれ、いまの日本にやって来る外国人たちと同様に、納豆の存在に驚かされていたかもしれません。

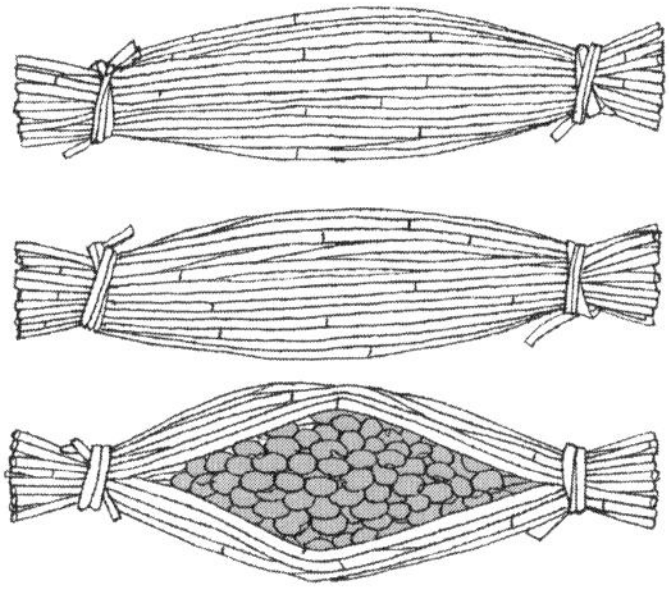

川柳でも「納豆」は庶民の味方

『誹風柳多留』

川柳は五・七・五の形式のうえでは俳諧（俳句）と変わりませんが、内容としては花鳥諷詠《ふうえい》の俳諧（俳句）と異なり、世態風俗を中心に時代に対する風刺を盛り込んだものが多く見られます。江戸時代の後期に柄井川柳《からいせんりゅう》（一七一八―九〇）という人物が盛んにしたため、この名称がつきました。川柳の弟子の呉陵軒可有《ごりょうけんあるべし》（?―一七八八）が師の選句したものからさらに精選して『誹風柳多留《はいふうやなぎだる》』（明和二・一七六五年）を刊行します。これが大好評となり、全一六七編もつづき、川柳は文芸として定着しました。

この川柳の流行する時期と納豆の食文化が広く定着してくる時期は、奇《く》しくもほぼ同じ時期です。そのためか、納豆を題材とした川柳も多く見られます。

納豆のあとからばったばたとくる

現在でも東南アジアに行くとたくさんの物売りが街にあふれているように、江戸の街には行商人がたくさんいました。そうした「棒手振り《ぼてふ》」と呼ばれた行商人たちがさまざまな品物を商っていたのです。その中で納豆屋さんが朝一番に早く、他の行商人たちが納豆屋さんの後から次々にやってくるというのです。

納豆をたたきあきると春が来る

冬の風物詩の納豆汁を作るために納豆を叩いていたのが、叩《たた》き飽きてくると、ようやく春になるというのです。

ちひさな納豆百兵衛どのへ遣り

この納豆は糸引き納豆ではなく、浜納豆のことです。寺院では盛夏に浜納豆を仕込み、暮れになると正月の諸費用を捻出するために檀家《だんか》に歳暮としてそれを配り、いくばくかのお布施をいただいていました。「百兵衛（旦那）」とはそのお布施を一〇〇文ぐらいの少額しか出さない、ケチな檀家のことを呼ぶ寺院での隠語です。そんなケチな檀家には納豆の包みもちいさいのを選んで渡すという意味です。

百も小言で納豆でたづねてる

ケチな百兵衛旦那がぶつぶつと不平を言いながら、家人に納豆へのお布施の額を尋ねているということでしょう。

＝納豆のかもにはたたきつける音

納豆を叩く音を高価な鴨肉を叩く音だと見栄を張るのはよくあったようです。つまりは寒さをしのぐには鴨肉のような動物性のタンパク質が本当は良いのでしょうが、その代用として、納豆は庶民たちから重宝されていたということです。

＝納豆のまづいを亭主いつかくひ

この「いつか」が「いつの日か」なのか「五日」なのかで句の解釈がかわりますね。「いつの日か」とすると、朝帰りの夫が気まずい納豆の朝飯をいつの日か食べる羽目になるという意味になり、「五日」とすると、おかみさんがついつい安くてまずい納豆を買いすぎて五日間も食べる羽目になったということになるでしょう。川柳の解釈は、このようになかなか一筋縄ではいきません。

＝納豆にちりにくはしき所化《しょけ》が付き

先にも言いましたように寺院の歳暮は浜納豆でした。年末なので一年間たまりにたまって大掃除をしなくてはならない「塵《ちり》」、つまりは「地理」に詳しい修行僧（所化）が付いてくるというのです。

＝納豆を春までのばす泉岳寺

ご存じ赤穂《あこう》浪士の討ち入りは元禄一五年（一七〇二）一二月一四日です。浪士たちが討ち入りを果たした後に一同で行った泉岳寺では大忙しになり、その年は歳暮の納豆配りも春まで延期しただろうというのです。

＝豆はまめだが下女のまめは納豆

豆は女性の陰部の異称です。後は想像にお任せいたします。

＝ しまつたり親父納豆買つて居る

朝帰りの放蕩《ほうとう》息子が、自宅の前で納豆を買っている父親とばったりと出くわしたというのです。

＝ 納豆はさぞ寒そうなゑぼし也

浜納豆はその入れ物の形から烏帽子《えぼし》納豆ともいわれました。浜納豆の入れ物のつくりが粗雑で薄くて、もしも本当の烏帽子としてかぶったら寒そうだといっているのです。

＝ 裏店《うらだな》の鴨納豆と見下げられ

せっかく奮発して買ってきた鴨の肉を叩いても、貧乏長屋だと納豆だと見下されてしまうというのでしょう。

〓納豆売腹ぶと餅とは夜は化け

朝の納豆売りも、夜には餅屋へと変身します。現代でもランチタイムはカフェで夜はショットバーになるお店がありますよね。ちなみに「腹ぶと餅」とは、なかに餡《あん》がたくさんはいっている、または腹持ちいいということから、現在の大福餅のことを指します。

〓納豆売からしを甘草《かんぞう》程くわへ

納豆屋さんがサービスでつけてくれるからしが、漢方薬の甘草くらいしかついてないというのです。ケチな納豆屋だというのでしょう。

＝ 納豆をおびひろどけの人がよび

長屋のおかみさんがついつい寝坊してしまい、寝間着のままの姿で納豆屋さんを呼び止めているのです。

＝ 糸を引く人魂納豆売りだろふ

人魂が糸を後に長く引いて飛んでいるので、きっと生前は納豆売りだったというのです。

＝ 納豆の鴨と聞へるいいくらし

納豆を叩く音が、鴨肉を叩く音に聞こえるようなゆとりのある暮らしぶりだというのです。貧しくても心は豊かに生きているというところでしょうか。

＝ 納豆で差引五十だんななり

寺院のお歳暮の浜納豆もただでは仕込めません。ケチな檀家のたった一〇〇文のお布施では、結局は百旦那どころか原料代を考えると五〇文にしかならないというのです。

＝ 居候《いそうろう》 納豆の茄子見た斗り

「納豆の茄子」とは、おそらく刻んだ茄子が納豆に加えられたものでしょう。そんな量をふやした納豆でさえも、居候の口には届かないというのでしょう。居候はいつも食事で苦労させられます。

＝ 納豆と蜆《しじみ》に朝寝おこされる

納豆売りと蜆《しじみ》売りは朝の風物詩でした。まさに江戸の人たちの目覚まし時計の代わりだったのです。

＝納豆の使僧《しそう》取次畳さし

お歳暮の浜納豆を持参した寺院からのご機嫌伺いにたいして、その家の取次として出てくるのは、やはり年末でその家の畳替えをしている「畳さし」、すなわち畳屋の職人さんだというのです。

＝初登城後は納豆もねかし物

初登城とは、諸大名以下が江戸城に年始に伺候することです。その際には恒例でウサギの汁がくだされました。ウサギの汁で体が温まると、納豆汁とはご縁がなくなるので、納豆が「ねかし物」、つまり「売れ残り」のようになってしまうということでしょうか。

＝納豆で飯を喰てる烏帽子《えぼし》折り

入れ物が烏帽子の形に似ているところから、浜納豆のことを烏帽子納豆ともいいました。その「納豆」との連想から、烏帽子折りだけに納豆でご飯を食べているというわけです。

＝納豆売とふとふ寒くして仕廻《しまい》

納豆は寒い季節の食材ですので、寒いほどうれゆきもよくなるわけです。厳しい寒さは、まるで納豆売りがそうしたかのようだという句です。

＝納豆を唐から貰ふ小松殿

小松殿（平重盛）は遺言で中国の阿育王寺《あいくおうじ》（浙江省《せっこうしょう》にあり、阿育王〈アショーカ王〉の造立による舎利塔がある）に大金を寄進しました。そのため、重盛は大きな檀家として大切にされ、中国の阿育王寺からわざわざ歳暮の納豆が届いただろうというのです。

＝和尚の酒盛納豆で跡を引

お坊さんたちの宴会のつまみは寺院だけに納豆で、そのためいつまでも後に引いて終わらないというのです。この納豆は「引く」とありますので糸引き納豆と考えられます。

＝納豆を召すのも豆が糸を引

納豆を食べられるのはどうしてか。その糸を引く立役者は豆だということです。

＝　唐納豆も来そうなは小松殿

「納豆を唐から貰ふ小松殿」とおなじく、中国から小松殿（平重盛）に唐納豆のお歳暮が届くというのです。

＝　納豆だ鴨だと隣《となり》論が干ず

隣の家の台所で叩いているのは、なんなのかをあれこれと詮索しているようすです。

＝　納豆一桶小松様医王山

阿育王寺（医王山）から小松殿（平重盛）へ納豆のお歳暮が届き、この句はそののしの上書きそのままです。

＝貧《ひん》の鴨納豆汁とあなどられ

せっかく奮発して鴨を買ってきても、貧乏なために納豆だとあなどられてしまいます。

＝納豆の出世は上で糸を引き

いつの時代も人の出世では誰かが上から糸を引いているわけです。

＝納豆の笊底《ざるそこ》を買《かう》朝寝ぼう

寝坊な家では納豆の売れ残りを買うはめになってしまい、笊《ざる》の底の方の納豆しか残っていないというのです。

＝ 後家へ来る文納豆で見た手跡

毎朝売りにくる納豆屋さんと、夫をなくした夫人とが恋仲になってしまい、納豆屋さんからの恋文の筆跡が納豆を包んだ表書きと似ているとでもいうのでしょう。

＝ 納豆を叩いて呉れと好な下女

ツンデレという言葉がありますが、甘え上手な下女は、納豆を叩くのが面倒なのか、それとも、納豆臭いのが苦手なのか、手練《てれん》手管《てくだ》でせまってきます。

＝ 納豆の度に尋る百旦那

いくら一〇〇文しかお布施をくれなくても檀家は檀家です。寺院とは日頃のつきあいがなくても、年末には訪ねていかねばなりません。

納豆の不二《ふじ》刻菜《きざみな》の三保の景

納豆汁用のたたき納豆を三角形につつみ、そこに豆腐や青菜をそえたセットものが当時売られていました。三角形にされたたたき納豆を「富士」に、それに添えられた刻んだ青菜を「三保の松原」に見立てているのです。

このように川柳を見てみると、納豆は庶民の生活にしっかりと根付いていた食品であることがわかります。たんなる一食材としてではなく、生活の一部に溶けこんだ食文化だったわけです。ときには親子で、またときには夫婦で、ケンカしたり、泣いたり、笑ったりの楽しい食卓には、納豆の姿が現代の家庭とおなじく見られたことでしょう。

江戸っ子の納豆の食べ方

柴田流星『残されたる江戸』

柴田流星（一八七九―一九一三）は、本名勇、小説家、翻訳家、編集者として活躍しました。東京小石川（現・文京区）の生まれで、中学卒業後、イギリス人について英語を学んだようです。巌谷《いわや》小波《さざなみ》の門下となり、木曜会の一員として文筆活動をしました。時事新報社を経て左久良書房の編集主任となった人です。その柴田の随筆集が『残されたる江戸』です。明治四四年（一九一一）の刊行ですので、江戸情緒がまだ色濃かった東京のようすが見てとれる作品だと思います。

ここでは江戸っ子の気短さがよく描かれています。納豆売りの声を耳にすると、炊きたてのご飯で納豆を食べたいと、納豆売りを呼び止め、からしもかきたてで、とびきり辛いのを添えさせて、ささっと食べ、朝湯へと出かけていく江戸っ子の習慣が見てとれます。

〈納豆と朝湯〉

霜のあしたを黎明から呼び歩いて、「納豆ゥ納豆、味噌豆ゃァ味噌豆、納豆なっとう納豆ッ」と、都の大路小路にその声を聞く時、江戸ッ児には如何なことにもそを炊きたての飯にと思立ってはそのままにやり過ごせず、「オウ、一つくんねえ」と藁づとから取出すやつを、小皿に盛らして掻きたての辛子、「先ず有難え」と漸く安心して寝衣のままに咬《くわ》え楊枝で朝風呂に出かけ、番頭を促して湯槽の板幾枚をめくらせ、ピリリと来るのをジッと我慢して、「番ッさん、ぬるいぜ！」、なぞは何処までもよく出来ている。

それよりして熊さん八公の常連ここに落合えば、ゆうべの火事の話、もてたとかもてなかったとか、大抵問題はいつもきまったものだ。

次いで幾許もなく寄席仕込みの都々逸、端唄、鏡板に響いて平生よりは存外に聞きよいのを得意にして、いよいよ唸りも高くなると、番頭漸く倦《うん》ざりして熱い奴を少しばかり、湯の口にいた二、三人が一時に声を納めて言いあわしたように流し場へ飛出すと、また入れ代って二、三人、これに対しても番頭の奥の手はきまったものだ。

とかくして、浴後の褌一つに、冬をも暑がってホッホッという太息、見れば全身宛《さなが》ら茹蛸のようだ。

「どうでえ、よく茹りやがッたなァ」

「てめえだってそうじゃねえか。これで肥ってりゃァ差向き金時の火事見めえて柄だけどなァ――」

「金時なら強そうでいいや」

「へん、その体で金時けえ――」

肚の綺麗なわりに口はきたなく、逢うとから別れるまで悪口雑言の斬合い。そんなこんなで存外時間をつぶし、夏ならばもうかれこれ納豆売りが出なおして金時を売りにくる時分だ。

明治時代も終わりになろうとしていた頃、江戸っ子といわれる人たちもだいぶいなくなっていたのかもしれません。

それにしても江戸っ子の行動の早いこと。こんな人ばかりだと、思わずつられて、おいしい納豆ご飯もささっとあっという間に食べ終わってしまいそうです。

また、この文章から、納豆売りが、夏場には朝早く納豆を売った後、もう一度、金時豆を売りに回っていたこともわかります。

えー「納豆」でお笑いを一席

安楽庵策伝『醒睡笑』

『醒睡笑』（元和九・一六二三年）は、落語の元祖といわれる安楽庵策伝《あんらくあんさくでん》（一五五四―一六四二）による咄本《はなしぼん》です。咄本とは江戸時代を通じて刊行された、口承文学としての「咄」を文字にして読み物として出版したもので、『醒睡笑』はそのなかで古くて有名なものの一つです。

現代と異なり録音機器のなかった時代でも、人々はたとえ文字ででもいいので「お笑い」が楽しみたかったようです。まるで現代のテレビ番組に「お笑い」番組が欠かせない存在であるのとおなじようですね。そうしたなかから、納豆にまつわる「お笑い」をいくつかご紹介したいと思います。

目の不自由な座頭が、琵琶《びわ》を背負って来るのを見つけ、ふざけた者が「なっとの坊はどちらからどちらにお出かけですか。なっとの坊だけに、わらの中で寝てから(琵琶の)糸を弾きに行くのでしょう」とからかった。

(そこで一首)見たところおいしそうですね。このお茶うけは。その名は唐糸と言うてくれませんか。

座頭の琵琶負ふて来るを見つけ、おどけ者が「なっとの坊は、いづくよりいづくへのお通りぞ。わらの中に寝てから、糸引きに行く」と。

見たところうまさうなりやこの茶の子　名はから糸といふてくれなゐ

琵琶を弾く法師ですので、「糸をひく(弾く・引く)」お坊さんという意味で「なっとの坊」とからかっています。「茶の子」とは茶菓子のことです。お茶うけに糸引き納豆とは不思議ですが、現在も干納豆がお茶うけにされているように、おそらくは、当時も干納豆（糸引き納豆を乾燥させたもの）がすでに食べられていたことがうかがえます。「から糸」と「いふてくれなゐ」は、古典文学に多少の知識のある方ならばおわかりでしょう。百人一首にもあり、落語の「ちはやぶる」でも知られる「ちはやぶる神代もきかず竜田川からくれなゐに水くくるとは」（在原業平《ありわらのなりひら》）の歌が思いおこされるのではないでしょうか。

これらは、いまどきの若者からすれば、ただの「親父ギャク」と一笑に付されるような言葉遊びとしか映らないかもしれませんが、こうして古典文学の知識を背景に持っているギャグだとして読むと、なかなか凝ったつくりになっていることがわかるでしょう。

また『当世手打笑《とうせいてうちわらい》』（延宝九・一六八一年）には「旦那坊主粗相の事」として、次のような咄が載っています。さて、この咄はやや下ネタめいていて、現代語訳しづらいところもありますが、いちおう訳しておきましょう。

寺の檀家《だんか》が旦那寺の僧侶を呼んで、納豆汁をふるまおうとして、納豆を藁苞《わらづと》から取り出し、「これは私の女房がしっかりと熟成させました納豆です。精進物ですからお寺様がお料理される方がよいと思います。あなたがなさいませ」と言うと、僧は「心得ました」と言って、その納豆を引き寄せ、藁苞の口を開けてにおいをかいで、「それにしてもよい熟成具合ですね。思い出されましたよ。奥様のあそこが。」と言って、ちゃっと口をふさがれた。

旦那坊を呼びて、納豆汁をふるまはんとて、苞口取出し、「これは女房どもが、さいさいにねさせました。精進物はお寺様の料理がよいはずじゃ。こなた、なされませい」と言へば、御坊、「心得ました」とて、かの納豆を引きよせ、苞の口をあけ、かいでみて、「さてもよい豆のねれやうや。思ひやられた。おか様のが」と言ひて、ちやつと口をふさがれた。

オチが少しお色気めいていて、色事とは縁遠くて無粋な私としてはくわしく解説しづらいので、こちらもここはちゃっと筆を流すことにいたしましょう。
次の『落咄《おとしばなし》腰巾着《こしぎんちゃく》』（享和四・一八〇四年）は、あの『東海道中膝栗毛』で知られる当時の流行作家である十返舎一九（一七六五―一八三一）の作品です。

「にわか商売」

剣術の師匠が落ちぶれて、弟子たちもいなくなり、暮らしに困ってなにか商売をしようとしたけれども元手がない。そこで、ふと思いついて、古い木刀や竹刀を集めて、これを売ろうと担ぎ出し、「やあ～たたき、やっとう（剣術のときのかけ声）やあ」と売り歩いた。

ある家から、「おい、たたき納豆売りかい」と呼ばれて、
「はい、お呼びですか」と答えると、
「おや、納豆じゃないのか」と言われ、
「いいえ、やっとうでございます」とさらに答えると、

「こいつは変なやつだ。誰がそんな物を買うもんかい」と言われる。

「いいえ、そうおっしゃいますな。これがよく売れるんです」と言う。

「どうして売れるんだい」と聞くと、

「はてさて、まず第一に、夜道をお歩きなさるとき、犬を追い払うのにも便利です。自宅では、盗賊などが入ったときに殴り回すのに、いたってよいものですので、それでよく売れます」と説明する。

客は「なるほど。それは便利だ」と納得した。


「俄か商ひ」


剣術の師匠おちぶれ、弟子はおちて暮らしかたに困り、商売しよふにも、元手でがなし。ふと思ひつきて、古き木刀・竹刀を集めて、これを売ふとかつぎ出し、「ヤア、たゝきやつとうやア」と売あるく。ある家から、

「ヲイ、たゝきなつとう売りで」

「ハイ、まいりましたかい」

「ヲヤ、納豆じゃアねへか」
うりて「イエ、やっとうでごさります」
かいて「こいつはへんちきだ。だれがそんなものを買うもんで」
うりて「イエ、そふおっしゃりますな。よく売れます」
かいて「どふして売れる」
うりて「ハテ、先づ第一、夜道などをなさるに、犬をくらはせるが御重宝。お宿では又、盗賊などのはいった時、なぐりまはすに、いたってよふござりますから、そこでよく売れます」
かいて「なるほど、それでは重宝なものだ」

ここからは、納豆売りが今のような「粒納豆」ではなく、それを叩《たた》いた「たたき納豆」が一般的であったことがうかがえます。つまり、この頃は、納豆にそのまま醤油などをかけてご飯にのせて食べる方法がまだ一般的ではなく、叩いた納豆を味噌汁などに

入れて、納豆汁にして食べる方法が一般的であったというわけです。そうでないと、竹刀の売り声が納豆の売り声と誤解される可能性が少なくなるからです。

「納豆」と剣術の掛け声である「やっとう」（この掛け声は落語で剣術指南が登場すると「やっとうの先生」というような呼び方で出てくることからも一般的であったことがわかります）の聞き間違いと、「納豆」は「たたき納豆」だという思い込みが重なって、この話のおかしみは増すわけです。

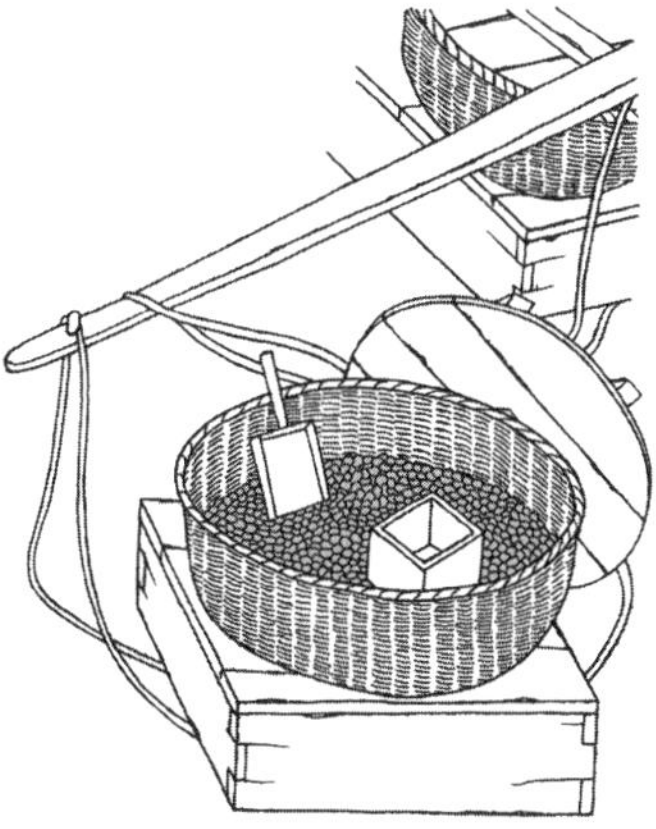

精進界の英雄・納豆太郎糸重

『精進魚類物語』

「納豆」という語が糸引き納豆を指すようになるには、古くからあった浜納豆よりも糸引き納豆が、一般的な「納豆」として広く知れわたるようにならなくてはなりません。もちろん、その立場が逆転するのは江戸時代後半になってからでしょうが、実際にはいつ頃から糸引き納豆は広く知られるようになったのでしょう。

室町時代終わりになると、いわゆる御伽草子《おとぎぞうし》という物語が多く作られます。現在も知られている「浦島太郎」や「一寸法師」などのおとぎ話も、そうした御伽草子の流れにたつ作品なのです。

戦国時代から江戸時代にかけて主君の近くで話し相手を務める「御伽衆」の名前でも知られるように、もともと「とぎ」とは「話し相手をして退屈を慰める」という意味です。現代社会でもそうですが、人間は少しでも生活にゆとりが生まれてくると、こぞって娯楽を求める傾向があります。室町時代も終わりに近づくと、農業の生産性もあがり始めたり、都市での商業が発達したりして経済的なゆとりのある階層が広がってきました。そのため、奈良絵本といわれるような絵を中心とした御伽草子が人々の楽しみのために作られるようになりました。現代でいえば大型連休前にレンタルビデオショップが大繁盛するのと、あまりかわらない光景があったわけです。

そうした作品の多くは、『源氏物語』のような王朝貴族趣味による高尚な作品ではなく、庶民たちがより気軽に楽しめるような内容でした。さしずめ現代のお父さんたちがバラエティー番組を自宅でごろ寝しながら見るという感覚に近いものかもしれません。そのため、古典文学のパロディーであったり、構成もわかりやすく単純な作品が少なくありません。その一つのパターンとして、たとえば『酒茶論』という作品に代表されるような架空のディベート作品が作られます。酒飲みと甘党、すなわち左党と右党が、それぞれの利害を説いて争うという趣向で展開します。もちろん、そうしたことがらの優劣を争うこと自体が馬鹿馬鹿しいのですが、それを合戦に見立て、読み物に仕立てて楽しんだというわけです。

糸引き納豆が登場する『精進魚類物語』もそうした作品の一つです。『平家物語』のパロディーで、納豆や野菜などの精進物と魚や鳥などの生臭物とが戦い、最後には精進物が勝ち、魚鳥は鍋で煮られてしまうという展開になっています。次がその発端です。

魚鳥元季壬申八月一日に精進魚類の殿たちは、御料（天皇などの所有する土地など）の番に参上することになったが、到着が遅れたために魚類はその当番からはずされてしまう。ちょうど御料は八幡宮の御祭礼で、放生会《ほうじょうえ》にしても彼岸会《ひがんえ》にしても、それぞれ生臭物を避けて御精進でお過ごしになられる。越後国の住人の鮭の大介鰭長《ひれなが》の子どもたちで鮞《はららご》の太郎粒実と同じく次郎弼吉という兄弟二人がお仕えしていたが、その精進の期間ということで、当番からはずされたのみならず、家来の中でも遥《はる》か末座へと下げられてしまう。

そこで、美濃国住人の大豆の御料の子息である納豆太郎糸重《いとしげ》ばかりをおそばにお呼びになった。（怒った鮭の兄弟は故郷に帰ろうとして）……同八月三日酉の日の朝、越後国大河郡鮭の庄にある父の館に到着した。兄弟が父の近くに並んでかしこまって、「われらは、大番近習の職務のため上洛いたしましたが、大豆の御料の子息である納豆太郎にばかり御心を移されて、私たちには御目もおかけくださいません。そのうえ恥ずかしい扱いを受け、末座へと追いやられました。その場で怒りのために、どのようにでもなり火でも水でも入ろうと存じましたが、このようにくわしくご報告してからでも遅くないと思い立ち帰ってきました」と申し上げた。

去る魚鳥元季壬申八月一日。精進魚類の殿原は。御料の大番にぞまいりける遅参をば。闕番にこそ付られけれ。折ふし御料は。八幡宮の御斎礼にて。放生会といひ彼岸会といひ。かたがた御精進にてぞ渡らせ給ひける。ここに越後国の住人鮭の大介鰭長が子共に。鰤の太郎粒実。同次郎弼吉とて兄弟二人候しをば。遥の末座へぞ下されける。

ここに美濃国住人大豆の御料の子息納豆太郎糸重ばかりをぞ御身近くはめされける。……同八月三日酉の一てむには。越後国大河郡鮭の庄。父大介の館に下着する。兄弟左右に相並びて畏て申けるは。われら此間大番近習の為に。上洛仕候しかども。大豆の御料の子息納豆太郎に御心を移し。御目にもかけられず。剰恥辱におよび。末座へをひ下され候間。常座にていかにもなり。火にも水にもいらんと存候しかども。如斯の子細をも申合てこそと存候つる間。是《これ》まで下向とぞ申ける。

越後の鮭大介鰭長の子どもたちが、美濃の大豆の御料の子息納豆太郎糸重に家来の上座を奪われたとして、恥辱をはらすために合戦におよびます。それぞれの味方には、さまざまな魚鳥と野菜などが集結してきます。そして、いよいよ精進物軍の出陣となります。

納豆太郎のその日の戦場での装束は、塩干橋《しおからばし》を描いた直垂《ひたたれ》に、白糸おどしの大《おお》鎧《よろい》の草摺《くさずり》をしっかりと着て、梅干しの甲《かぶと》の緒を締め、かぶら藤の弓の真ん中を握り、……前後には陶淵明《とうえんめい》が好み、重陽《ちょうよう》の節句の宴でよく飲まれる菊酒に、杯をとりあわせた図案を描いた金覆輪《きんぷくりん》の鞍《くら》をつけて、ゆらりと乗って出陣していく。……納豆太郎は鐙《あぶみ》を踏んばり、つっ立って、大声で「神武天皇以来、七二代の子孫、深草天皇から五代目の末裔《まつえい》、畠山《はたけやま》のさやまめから三代の末孫、大豆の御料の嫡子の納豆太郎糸重である」と名乗り、二羽矢味噌蕪の矢を打ちかけ、よっぴいてひょうと射たところ、雅楽助長尾（鳥）の鎧に付けたほろ飾りを射とおした。

納豆太。その日の装束には。塩干橋かきたる直垂に。しらいとおどしの大鎧。草摺長にさくときて。梅干の甲の緒をしめ。かぶら藤の弓のまむ中にぎり。……前後の山形には。陶淵明が友とせし。重陽宴に汲なれし菊酒に。さかづきをとりそへたる所を。みがきつけにしたりける金覆輪の鞍をきて。ゆらりと乗てうち出たり。……納豆太あぶみふんばり。つ立あがつて。大音あげて名のりけるは。神武天皇よりこのかた。七十二代の後胤。深草の天皇に五代の苗裔。畠山のさやまめには三代の末孫。大豆の御料の嫡子納豆太郎糸重と名乗て。二羽矢の味噌蕪をうちくはせ。よつぴきつめてひやうと射。雅楽助長尾がほろぶくろ。ふと射とをし。

このように納豆太郎は装束にも、「しらいとおどし」の大鎧を着るなど納豆の実際を反映しています。そして、深草天皇から五代目の畠山さやまめから三代目大豆御料の嫡子という系図まで名乗っています。もちろんこれは「草」→「畠」→「大豆」→「納豆」という連想からの系図であり、本当の系図ではないことは当然です。

『平家物語』をパロディー化した合戦物語ですが、その精進物側の大将として納豆が選ばれていることは興味深いですね。納豆の持つ粘り強い感じから大将の器量にふさわしい存在として選ばれたのでしょうか。

納豆を通しての子どもたちへの教え

菊池寛「納豆合戦」

『文藝春秋』の創刊にたずさわり芥川賞と直木賞の生みの親として知られる菊池寛（一八八八―一九四八）は、自身でも「恩讐《おんしゅう》の彼方《かなた》に」などの小説作品を世に送り出した作家なのです。

その作品の一つに、なんとその名もズバリ「納豆合戦」（大正八・一九一九年）があります。この作品は大人向けの小説ではなく、児童雑誌『赤い鳥』に発表された児童文学作品で、読者対象はもちろん子どもたちでした。「納豆売り」という仕事が大正時代の子どもたちの目にはどのように映っていたのかを知るうえでも、貴重な作品と言えるかもしれません。

私は、「なっと、なっとう！」という声を聞く度《たび》に、私がまだ小学校へ行っていた頃に、納豆売のお婆《ばあ》さんに、いたずらをしたことを思い出すのです。それを、思い出す度に、私は恥しいと思います。悪いことをしたもんだと後悔します。私は、今そのお話をしようと思います。

私が、まだ十一二の時、私の家は小石川の武島町《たけじまちょう》にありました。そして小石川の伝通院《でんずういん》のそばにある、礫川《れきせん》学校へ通っていました。私が、近所のお友達四五人と、礫川学校へ行く道で、毎朝納豆売の盲目《めくら》のお婆さんに逢いました。もう、六十を越しているお婆さんでした。貧乏なお婆さんと見え、冬もボロボロの袷《あわせ》を重ねて、足袋《たび》もはいていないような、可哀《かあい》そうな姿をしておりました。そして、納豆の苞《つと》を、二三十持ちながら、あわれな声で、「なっと、なっとう！」と、呼びながら売り歩いているのです。杖《つえ》を突いて、ヨボヨボ歩いている可哀そうな姿を見ると、大抵の家では買ってやるようでありました。

私達は初めのうちは、このお婆さんと擦《す》れ違っても、誰《たれ》もお婆さんのことなどはかまいませんでしたが、ある日のことです。私達の仲間で、悪戯《いたずら》の大将と言われる豆腐屋の吉公《きちこう》という子が、向うからヨボヨボと歩いて来る、納豆売りのお婆さんの姿を見ると、私達の方を向いて、「おい、俺がお婆さんに、いたずらをするから、見ておいで。」と言うのです。

私達はよせばよいのにと思いましたが、何しろ、十一二という悪戯盛りですから、一体吉公がどんな悪戯をするのか見ていたいという心持もあって、だまって吉公の後からついて行きました。

すると吉公はお婆さんの傍《そば》へつかつかと進んで行って、「おい、お婆さん、納豆をおくれ。」と言いました。すると、お婆さんは口をもぐもぐさせながら、「一銭の苞ですか、二銭の苞ですか。」と言いました。「一銭のだい！」と吉公は叱るように言いました。お婆さんがおずおずと一銭の藁苞《わらづと》を出しかけると、吉公は、「それは嫌だ。そっちの方をおくれ。」と、言いながら、いきなりお婆さんの手の中にある二銭の苞を、引ったくってしまいました。お婆さんは、可哀そうに、眼《め》が見えないものですから、一銭の苞の代りに、二銭の苞を取られたことに、気が付きません。吉公から、一銭受け取ると、「はい、有難うございます」と、言いながら、又ヨボヨボ向うへ行ってしまいました。

吉公は、お婆さんから取った二銭の苞を、私達に見せびらかしながら、「どうだい、一銭で二銭の苞を、まき上げてやったよ。」と、自分の悪戯を自慢するように言いました。一銭のお金で、二銭の物を取るのは、悪戯というよりも、もっといけない悪いことですが、その頃私達は、まだ何の考もない子供でしたから、そんなに悪いことだとも思わず、吉公がうまく二銭の苞を、取ったことを、何かエライことをでもしたように、感心しました。「うまくやったね。お婆さん何も知らないで、ハイ有難うございます、と言ったねえ、ハハハハ。」と、私が言いますと、みんなも声を揃《そろ》えて笑いました。

が、吉公は、お婆さんから、うまく二銭の納豆をまき上げたといっても、何も学校へ持って行って、喰《た》べるというのではありません。学校へ行くと、吉公は私達に、納豆を一掴《ひとつか》みずつ渡しながら、「さあ、これから、戦ごっこをするのだ。この納豆が鉄砲丸《てっぽうだま》だよ。これのぶっつけこをするんだ。」と、言いました。私達は二組に別れて、雪合戦をするように納豆合戦をしました。キャッキャッ言いながら、納豆を敵に投げました。そして面白い戦ごっこをしました。

あくる朝、又私達は、学校へ行く道で、納豆売のお婆さんに逢いました。すると、吉公は、「おい、誰か一銭持っていないか。」と言いました。私は、昨日の納豆合戦の面白かったことを、思い出しました。私は、早速持っていた一銭を、吉公に渡しました。吉公は、昨日と同じようにして、一銭で二銭の納豆を騙《だま》して取りました。その日も、学校で面白い納豆合戦をやりました。

この後、数日にわたり、子どもたちは悪ふざけを続けます。ところが、さすがにおばあ

さんも気付いて巡査に言いつけます。そして、子どもたちはとうとう巡査に捕まってしまいます。巡査に叱られている子どもたちが泣きじゃくると、優しいおばあさんはむしろ許してくれるように、巡査に頼んでくれます。おかげで子どもたちは交番に連れて行かれずにすみます。

このことがあってから、私達がぷっつりと、この悪戯を止めたのは、申す迄《まで》もありません。その上、餓鬼大将の吉公さえ、前よりはよほどおとなしくなったように見えました。私は、納豆売のお婆さんに、恩返しのため何かしてやらねばならないと思いました。それでその日学校から、家《うち》へ帰ると、「家では、納豆を少しも買わないの。」と、お母《か》さんに、ききました。「お前は、納豆を喰べたいのかい。」と、お母さんがきき返しました。「喰べたくはないんだけれど、可哀そうな納豆売のお婆さんがいるから。」と言いました。「お前が、そういう心掛で買うのなら、時々は買ってもいい。お父様は、お好きな方なのだから。」と、お母さんは言いました。

それから、毎朝、お婆さんの声が聞えると、お金を貰《もら》って納豆を買いました。そして、そのお婆さんが、来なくなる時まで、私は大抵毎朝、お婆さんから納豆を買いました。

いかがでしたか。納豆売りのおばあさんの優しい心に打たれた悪ガキたちが、改心しておばあさんに恩返しをしようとしている話です。子どもはいつの時代もときに残酷なことを平気でやります。それを大人たちがどう導くかがじつはとても大切なことなのかもしれません。そんなことを考えさせられる童話です。

この童話を納豆の歴史から見ると、大正時代には苞納豆が一般化していたことがわかるのがおもしろい点です。

豆を通しての実父への思い

斎藤茂吉『念珠集』

斎藤茂吉（一八八二―一九五三）は伊藤左千夫に師事した歌人として知られています。茂吉は守谷伝右衛門《もりやでんえもん》の三男として、現在の山形県上山《かみのやま》市に生まれました。小学校卒業後、経済的に恵まれなかった茂吉は、親戚である斎藤紀一《きいち》の養子となって医者をめざすことになります。一四歳で東京に出たものの、けっして平坦《へいたん》な人生ではなかったようです。

父は大正一二年（一九二三）、茂吉がウィーン留学中に亡くなってしまいました。そんな父親の想い出をつづったのが『念珠集』です。次の「痰《たん》」（大正一四・一九二五年）

で父伝右衛門は、「納豆断ち」という奇妙なことをしています。逆に伝右衛門はそれほどに納豆が好きだったのでしょう。医学者の茂吉の眼には奇妙に映った父親の「納豆断ち」も、死後となっては懐かしさにつながったのかもしれません。

父は痰を病んでから、いつのまにか何かの神に願を掛けて好きなものを断つことを盟《ちか》った。ただ、酒も飲まず煙草《たばこ》も吸わぬ父は、ついに納豆を食うことを罷《や》めた。幾十年も納豆を食うことを罷めて、もう年寄になってから或《あ》る日納豆を食ったが、どうも痰に好《よ》くない。また痰がおこりそうだなどと云ったことがある。父はその時から命のおわるまで納豆を食わずにしまっただろうと僕はおもう。父は食べものの精進もした。併《しか》しそういう普通の精進の魚肉を食わぬほかに穀断《ごくたち》、塩断《しおだち》などもした。みんなが大根を味噌で煮たり、鮭の卵の汁などを拵《こしら》えて食べているのに、父はただ飯に白砂糖をかけて食べることなどもあった。併し僕には何のために父がそんな真似を為《す》るかが分からなかった。

伝右衛門の「納豆断ち」の光景は、どことなく悲哀に満ちています。茂吉の科学者としての眼が、そう感じさせるのでしょうか、それとも、迷信にとらわれ続ける人間のさびしさがそう感じさせるのでしょうか。

近代女優の声を支えた納豆

長谷川時雨「松井須磨子」

長谷川時雨《しぐれ》（一八七九―一九四一）は劇作家、雑誌編集者でもある作家で、わが国の女性作家の地位向上に努めた人物として知られています。

松井須磨子（一八八六―一九一九）は、新劇の女優の草分けとして活躍しました。時雨はそんな須磨子に自分と通じるものを感じたのでしょうか、『近代美人伝』（昭和一一・一九三六年）のなかで、彼女をとりあげています。

＝生徒時代には身なりにとんちゃくなく、高等女学校や早稲田大学出の人たちの間へはさまり、新時代の高級女優となって売出そうという人が、前垂れがけの下から八百屋で買って来た牛蒡《ごぼう》と人参を出してテーブルの上へのせておいたまま「これはお菜《かず》です」とその野菜をいじりながら雑誌を一生懸命に読出したということや、他の生徒たちと一所に帰る道で煮豆やへ寄って、僅かばかりの買ものを竹の皮に包ませ前掛けの下にかくし「これで明日のお菜もある」といった無ぞうさや、納豆にお醤油をかけないで食べると声がよくなるといわれると、毎日毎日それればかりを食べて、二階借りをしていたので台所がわりにしていた物干しには、納豆のからの苞苴《つと》が稲村のようなかたちにつみあげられ、やがてそれが焚附《たきつ》けにもちいられたということや、卒業間近くなって朝から夜まで通して練習のあったおりなど、みんながそれぞれのお弁当をとるのに、袂《たもと》のなかから煙の出る鯛焼を出してさっさと食べてしまうと、勝手にさきへ一人で稽古をはじめたということなど、そうもあったろうとほほえまれる逸話をいろいろと聞いている。

これは須磨子が明治四二年（一九〇九）に文芸協会付属演劇研究所に入所した頃の話だと思われます。

「納豆にお醬油をかけないで食べると声がよくなる」という俗信を信じ、たくさん食べて藁苞《わらづと》が山のように積まれていたことなど、まさに新しい演劇の時代を切り開くために何でもするという意気込みが伝わってくる話ではないでしょうか。時雨自身もそうした強さにきっと魅せられて、このエピソードを紹介したように思われます。

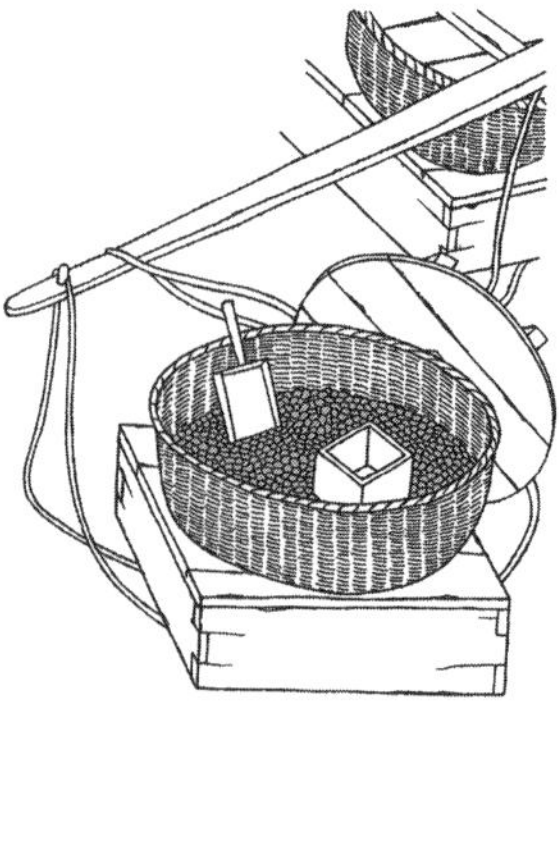

はしやすめ　その三……古辞書に見られる納豆

辞書というと、多くの方は『明鏡国語辞典』（大修館書店）のような「国語辞典」を思い浮かべることでしょう。ちなみに「納豆」については、次のように説明されています。

①水に浸してからよく煮た大豆に納豆菌を加え、適温の中で発酵させた食品。粘質の糸を引くので糸引き納豆とも言う。
②蒸した大豆に麹《こうじ》を加えて発酵させ、香料を入れた塩汁に浸してから発酵させた食品。浜納豆・大徳寺納豆など。

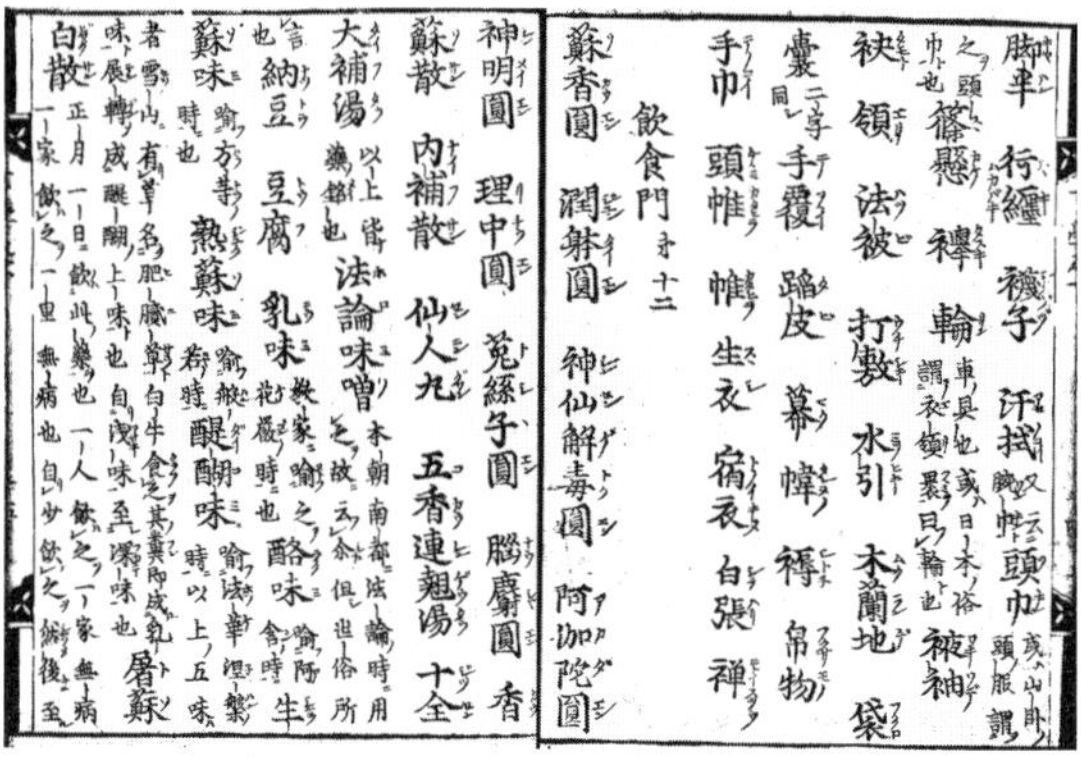

▲『下学集』（筑波大学附属図書館蔵）

こうした語句の意味説明をする辞書が広く一般化していくのは、明治時代以降になってからです。

古くは文字の読み方を記しただけの、いわゆる「字引」が一般的な辞書でした。それらの多くは仏教のお経などを読む際に、その文字をどのように発音するかを確認するためにまとめられたものでした。こうした辞書を古辞書といいます。

古辞書は平安時代頃から作られていたために、ある語句がいつの時代から存在していたかを確認するのにとても役に立ちます。
右の写真は、文明一七年（一四八五）に作られた『下学集』という本のものです。豆腐とならんで「納豆」という漢字に「ナットウ」とふりがながふられているのがおわかりでしょうか。古辞書にはこのように現在の辞書と異なり意味はなく、おもに読み方だけが書かれていたことがおわかりになると思います。

『文明本節用集』ナの項「飲食門」納豆（ナツトウ　ヲサムマメ）
『明応五年本節用集』納豆（ナツトウ）
『天正十八年本節用集』納豆（ナツトウ）
『饅頭屋《まんじゅうや》本節用集』奈の項　納豆（ナツトウ）
『易林《えきりん》本節用集』奈の項「食服」納豆（ナツトウ）
（以上の五つは室町時代成立）

『書言字考』六巻「生植・服食」　豆鼓（ナツトウ）
「本草」　納豆（同じ）
（享保二・一七一七年）

といったように、古辞書には納豆の存在を確認することができます。
ただし、古辞書には意味の記述までされていないために、ここに見られる納豆が、麴と塩を加えて発酵させた浜納豆なのか、それとも糸引き納豆なのか、残念ながらその区別は明確につけられません。

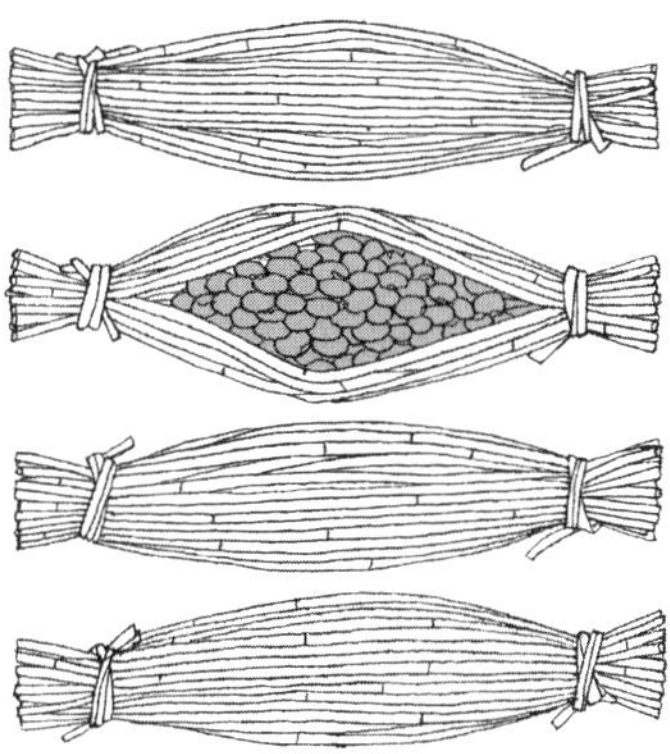

昭和の落語名人も納豆売り

五代目古今亭志ん生

昭和の落語界の名人として知られる五代目古今亭志ん生《ここんていしんしょう》（一八九〇―一九七三）。金原亭馬生《きんげんていばしょう》と古今亭志ん朝《しちょう》の父親でもあります。

志ん生の若い頃の貧乏ぶりは有名で、本所業平《ほんじょなりひら》の「なめくじ長屋」での生活ぶりは落語ファンならば一度は耳にしたことがあることでしょう。

志ん生の得意ネタの一つに「替り目」があります。酔った亭主が自宅の前で人力車に乗ろうとしたりしながら自宅にもどりますが、まだ寝酒を飲むと言い張って寝ようとしません。女房が酒の肴がないと言うと、亭主はおでん屋でなにか買ってこいとしつこく言います。しかたなく女房は出かけていきます。

男は寒いので酒の燗《かん》をつけて飲もうとするけれども、それが面倒くさくて、家の前をたまたま通りかかったうどん屋を呼びとめて燗をつけさせ、因縁をつけたあげくに追い返してしまいます。

次に通りかかった新内流しをからかっているところに女房が帰ってきて、うどん屋との顚末《てんまつ》を耳にします。なんとか謝ろうとうどん屋を追いかけて呼び返そうとすると、うどん屋が「いま行くとちょうど銚子《ちょうし》（調子）の替り目です」と言って逃げるという話です。

酒好きでも知られた志ん生は、酔ったまま高座に上がり寝込んでしまうことがあると、お客が「寝せといてやれ」と言ったほどであると伝えられています。まさにこの落語は彼の生き方をそのまま演じた話ともいえるでしょう。

その「替わり目」の亭主が帰宅して女房に酒の肴をせびる場面に、

「今朝、食べた納豆の残りが二三粒ばかりあったろう、あれ、出してくれ」
「ああ、それ食べちゃった」
「おまえは何でも食べちゃうなぁ」

というやりとりがあります。

志ん生の長女である美濃部美津子さんの『三人噺《ばなし》』（二〇〇二年）には、志ん生の納豆好きがこの部分とともに紹介されています。

志ん生はとにかく納豆好きで納豆なしではいられなかったそうです。古今亭志《し》ん駒《こま》が弟子入りにきたとき、玄関のところに立った大師匠の襟《えり》にご飯粒と納豆がついていて驚いたというエピソードも紹介されています。

志ん生は若い頃、事情があって寄席《よせ》に一時出られませんでした。そのときに好物の納豆を売って生計を立てようとしたようです。ところが、あの「納豆ぉ～納豆ぉ～」の売り声が恥ずかしくて口に出せず、人のいないところばかり売り歩いたため少しも売れず、家族でその売れ残りを朝昼晩と食べていたそうです。

昭和の名人とうたわれた落語家五代目古今亭志ん生の若い頃の苦労話に納豆が登場することは、落語に描かれる庶民の世界と納豆とが、昭和になっても深く関わっていたことをよく表しているのかもしれませんね。

下層社会からの脱出は納豆から

小林多喜二『蟹工船』

数年前に「格差社会」という語句とともに話題になった小説に、小林多喜二（一九〇三―三三）の『蟹工船』（昭和四・一九二九年）があります。当時、派遣切りが社会的な問題となって、ワーキング・プアという言葉がはやり、フリーターで生計を立てざるを得ない若年層の支持を得て年間で五〇万部も売り上げました。

この作品が書かれた昭和の初めも「大学は出たけれど」という言葉が流行し、まさに不況のまっただなかでした。そうした状況の下、函館を出航してカムサッカへと向かう蟹工船博光丸のなかは、まさに地獄のような労働環境でした。そこで労働者たちは団結して船内ストライキに入ります。やがて帝国軍艦が現れて味方してくれるものかと思っていると、逆に労働者たちはとらわれることになり、より過酷な労働へと追いこまれていきます。プロレタリア文学の旗手として多喜二はこの小説を書くことで、貧困層に生きる人々の苦悩と社会の矛盾を指摘したかったのです。

　日本の方は、貧乏な一人の少年が「納豆売り」「夕刊売り」などから「靴磨き」をやり、工場に入り、模範職工になり、取り立てられて、一大富豪になる映画だった。――弁士は字幕《タイトル》にはなかったが、「げに勤勉こそ成功の母ならずして、何んぞや！」と云った。

　それには雑夫達の「真剣な」拍手が起った。然し漁夫か船員のうちで、

「嘘《うそ》こけ！　そんだったら、俺なんて社長になってねかならないべよ」

　と大声を出したものがいた。

　それで皆は大笑いに笑ってしまった。

後で弁士が、「ああいう処へは、ウンと力を入れて、繰りかえし、繰りかえし云って貰いたいって、会社から命令されて来たんだ」と云った。

最後は、会社の、各所属工場や、事務所などを写したものだった。「勤勉」に働いている沢山の労働者が写っていた。

写真が終ってから、皆は一万箱祝いの酒で酔払った。

これは、蟹工船のなかでおこなわれた数少ない娯楽であった映画会の場面です。無声映画のため弁士が解説をしています。もちろん会社に雇われている弁士は、「勤勉」である労働者の姿を強調する形での解説をさせられているというのです。多喜二はそうしたご都合主義の解説を弁士に責任があることにしませんでした。会社という組織自体の利潤追求のために都合の良いものごとを優先する会社の姿勢を、弁士の「会社から命令されて来たんだ」という暴露を通して描きだしています。

この場面からは、「納豆売り」や「夕刊売り」から立身出世していくというパターンが、その当時の日本社会で定着していたことがわかります。「勤勉」に働く日本人の代表格として、朝早くから起きて働く「納豆売り」が選ばれていたことは、朝食に納豆が欠かせない存在となっていたことの証明ともなるでしょう。

弱者へのまなざし

白柳秀湖「駅夫日記」

白柳《しらやなぎ》 秀湖《しゅうこ》（一八八四—一九五〇）の「駅夫日記」（明治四〇・一九〇七年）は、初期の社会主義文学の代表作とされます。社会のなかで貧しさにたえながら生きていく人びとの姿を赤裸々に書くことで、資本主義社会の持つ矛盾や現実にするどくメスを入れようとした作品です。

ここでは主人公である一八歳の藤岡という駅員が、貧しい子どもに身の上を尋ねると、母親が納豆売りをしてぎりぎりの生活を支えていたことを明かします。母親はその心の糸も切れたとき、わが子を置いて行方知れずになってしまったというのです。

見れば根っから乞食《こじき》の児《こ》でもないようであるのに、孤児《みなしご》でもあるのか、何という哀れな姿だろう。

「おい、冷めたいだろう、そんなに濡《ぬ》れて、傘はないのか」

「傘なんかない、食物だってないんだもの」といまだ水々しい栗の渋皮をむくのに余念もない。

「そうか、目黒から来たのか、家はどこだい父親《ちゃん》はいないのか」

「父親なんかもうとうに死んでしまったい。母親《おっかあ》だけはいたんだけれど、ついとうおれを置いてけぼりにしてどこかへ行ってしまったのさ、けどもおらアその方が気楽でいいや、だって母親がいようもんならそれこそ叱られ通しなんだもの」

「母親は何をしていたんだい」

「納豆売りさ、毎朝麻布の十番まで行って仕入れて来ちゃあ白金の方へ売りに行ったんだよ、けどももう家賃が払えなくなったもんだから、おればっかり置いてけぼりにしてどこかへ逃げ出してしまったのさ」

幼い子どもを抱えていてもできる女性の仕事は、現代でも限られています。明治時代には、なおさら厳しかったのが実情でしょう。そうしたなかで、納豆売りは、社会のセーフティネットとしての役割もはたしていたといえます。

その向こうには、毎朝納豆を買うことが、自分たちと同じように貧しい生活をしている人々へのささやかな支援になればよいという気持ちが、納豆を買う人たちにもあったからにちがいありません。

子どもたちの心を育てた納豆

田村直臣 『幼年教育百話』

田村直臣《なおおみ》（一八五八―一九三四）は牧師であり、植村正久、内村鑑三、松村介石らとともに当時、キリスト教界の四村と呼ばれた人です。そんな彼が子どもたちに向けて書いたお話集『幼年教育百話』（大正二・一九一三年）のなかにも納豆売りが登場します。

「なっと売の小娘」

九段坂の下で一人の十五六歳位になる、丈のすらりっとした、色の白い、丸顔で上品な愛きょうのある小娘が、束髪で、えび茶の袴《はかま》を少しく高くはき、足には靴

を穿《は》き、長いたもとを上に巻きあげ、手に平い桶《おけ》をさげ、柔《やさ》しい声で、

「なっと、なっと」

と売り歩いて居りました。

するとむこうからきた、せいの高い、立派な髭《ひげ》のある中々品格のある大学の帽子をかぶった青年がしきりに、其娘《その》をながめて居りました。

小娘は其青年と通りすがり、恥かしそうに、下を向きながら、小声で。

「なっと、なっと」

と再び売声をあげますと、

青　「なっと屋さん。」

小娘「はい有難う……いくらあげませう。」

青　「僕は、なっとを買いたいではありませんが、少しあなたにお尋ねしたい事があります。」

小娘「何の御用で御座《ござ》いますか。」

青年は少女の身の上話を聞き、納豆を高値で買ってやります。そのおかげで少女はなんとか学校を卒業するのです。

小娘は一二年降っても、てっても、なっと売をして母《おっか》さんを養い、とうとう学校を卒業いたす様になりました。

小供には独立心というものがなければいけません。人の世話になるよりはなっと売をしても自分を支えた方が余程貴いのです。……

校長は此度《このたび》卒業生五十一人の内第一番の大名誉を以て卒業した、卒業生は澤井常子であると云《い》うて、卒業証書と賞《ほうび》とを渡しますと、満堂の人々は皆な、手をたたいて、賞《ほ》めました。すると其娘は側に坐《すわ》って居った母を立たせて申しますに、

小娘「私は自からこの卒業証書や御賞を受くる値《ねうち》はありません、この私の母が涙の内に、神の御助《おんたすけ》により、私を育てて下すったお影でかく名誉を以て卒業する事が出来ました。」

と云うて其卒業証書と、御ほうびをお母さん《つか》の手に渡しました。

（国立国会図書館　デジタルコレクション）

ここでも納豆売りは、かよわい女の子の生活を支える大切な仕事として描かれています。そして、苦しい生活にあってもめげることなく生きていく少女の姿は、青年の心にも感動を与え、やがては立派に卒業式を迎えるに至ります。

文部科学省は、近年さかんに我が国の教育に現在不可欠な要素として「生きる力」を提唱しています。しかし、子どもたちはむしろ「生きる力」を失っているのではないでしょうか。豊かな時代に見失っている何かを、こうした納豆売りのお話は伝えてくれてるような気がします。

時代劇の名手も納豆を書く

野村胡堂「食魔」

野村胡堂《こどう》（一八八二―一九六三）は『銭形平次捕物控《ぜにがたへいじとりものひかえ》』で知られた大衆文学の名手です。彼は推理小説・怪奇小説作家としても多くの作品を残しています。「食魔」（昭和二二・一九四七年）はそんな作品の一つです。

江守銀二の奇抜で馬鹿馬鹿しい話は、五人の聴き手の興味に頓着なく、なおも傍若無人に続きます。

「……現に私は、あの臭い納豆を五年間、盛夏の一二ヶ月休むだけで絶対に食べ通したことがあります。それは美しい呼売の声に釣られて下宿の窓に呼び寄せて納豆を買った可憐な少女が、測らずも感心な孝行娘であったことを、翌《あく》る日の新聞記事で知ってからのことでした。少女はその頃十二三でした。私は大学を出たばかりの文学青年で、写字と翻訳の下請負《うけおい》で細々と暮していた時ですが、窓の外に立った美声の少女の、雨に濡れた蒼白い顔が、十何年後の今でも忘れることが出来ません。私は三銭の納豆を一つ買って、少女がわけてくれたカラシをペン皿に入れて貰って食べました。納豆売の少女の、大きいが臆病らしい眼や、赤いがわななく唇や、木綿の汚れた袷《あわせ》や、人参のように赤くなった素足やは、私の記憶に鮮明に焼きつけられました。私は翌る日も、その翌る日も、同じ少女の通るのを待って、窓から三銭の納豆を買って食べたのです。

一ヶ月二ヶ月と経つうちに、時候が温かになって、納豆売の少女は来なくなりました。私はやるせない気持で待ちましたが、何時《いつ》まで経っても、あの孝行娘の可憐な納豆売は来なかったのです。それから暑い夏が過ぎて、秋が深くなると、町々には又納豆売の姿が現われ始め、窓の外にも時々納豆屋が来ました。が、あの美しい声の孝行娘はもう、二度と姿を現わさなかったのです。……それから四年の間、私は毎朝納豆を買って食べたのです。英一蝶《はなぶさいっちょう》の島で作ったクサヤの乾物を捜した晋其角《しんきかく》のような熱心さで、――がしかし、それっきり私は孝行娘のあの可愛らしくいじらしい納豆売にめぐり逢《あ》う機会を持たなかったのです。私はどうしてあの娘が姿を見せているうちに、その所番地を訊《き》いて訪ねて行き、微力ながら引取れるものなら引取って芸術的な教育でもしてやらなかった事が、私の悔いは果てしもありません」

　江守銀二は食物の話から脱線して、妙な回想談になってしまいました。五人の聴き手は今更茶化すわけにもいかず、神妙に、そして少し冷笑気味に聴いて居ります。

「でも私は一つだけ良いことをしたと思っていることがあります。それは或る朝三銭の納豆代に、たった二銭しか無かったために、――その頃の私はそれほど貧乏だったのです。――財布から机の抽斗《ひきだし》まで捜し抜いた揚句、守り袋の中に、亡くなった母親が形見のつもりでいるようにと言ってくれた、二分金のあることを思い出し、それを一銭銅貨の代りに、娘の納豆籠に入れてやったことがあります。二分金を売れば、当町でも母子《おやこ》一ヶ月の生活費位にはなった筈ですから、それがせめても貧乏な文学青年の、十三歳の納豆売に寄せた、ささやかな好意でした、――いや調子に乗って、飛んだことを申上げて、赤面に堪えません」

詩人江守銀二は、そう言って漸く席に着いたのです。

一人の納豆売りの娘に惹《ひ》かれて、五年間も毎日納豆を食べ続けた男の話です。けなげな納豆売りもさることながら、その娘に同情して、貧しいなかで納豆を買い続けた江守という詩人の生き方もまたいじらしい感じがしませんか。

単純な食品だからこそ、奥行きがある納豆に似た、純粋な人の生き方に奥行きを覚える話です。

勤労学生と納豆

高信峡水『愛へ光へ』

高信峡水《たかのぶきょうすい》（一八八五―一九五六）は教育者であり、「婦人公論」編集長を務めました。その『愛へ光へ』（大正一一・一九二二年）のなかに、「納豆を売って苦学した男」という作品があります。

彼は二三日東京中を歩き廻《まわ》ってどういう手蔓《てづる》で探し当てたものか、神田辺の或る裏長屋の二階に移ることになった。尤《もっと》も、この家には、二年も前から一人の青年が宿を借りていた。この青年は毎朝納豆を売って、それによって得た僅《わず》かの金で衣食しつつ学校に通っているのであった。彼はこの青年より三歳の弟であったから、何事もこの人の指導に従って、同じく納豆を売ることになった。

夜のうちに問屋から届けてくれる納豆の苞《つと》を肩から提《さ》げた籠《かご》の中に入れて、朝の薄暗いうちから町町を売り歩いた。初めは納豆納豆という呼声が咽喉《のど》にからんで、どうしても口に出なかったが、二三日のうちにはすっかり馴《な》れてしまった。芥子《からし》を辛く掻《か》くことも、兄分の青年に教えられて次第に上手になって来た。納豆は一日に五十本から六十本ぐらい売れた。その利益が二十銭、そのうちから芥子粉を二銭買うと、残る純益十八銭、一ヶ月にすると六円に足りなかった。彼は、その金で米も炭も買わなければならず、部屋代も払わなければならず、学校の授業料も納めなければならず、教科書も求めなければならなかった。間代《まだい》が一人分一円五十銭、授業料が一円六十銭、これだけは毎月必ず支払うべきものであった。それを出すと、あとには三円に足らぬ金が残る。しかも、それを悉《ことごと》く食費に充《あ》てることはできなかった。下駄《げた》も肌着も、筆墨紙《ひつぼくし》も、そのうちから買わなければならず、学期学年の初めには、教科書をも購求しなければならなかった。……朝な朝なの呼声が町町の人の耳に馴れて来ると、家家の台所では、苦学生の納豆屋さんが来たといって、争って買ってくれるようになった。寒かろうといっては古着を恵んでくれるものもあったし、子供の穿《は》き古した足袋《たび》をくれる人もあった。彼は、この人人の情《なさけ》に何時《いつ》か酬《むく》いるときがあろうと自ら励ましつつ苦学を続けた。

（国立国会図書館　デジタルコレクション）

こうした作品を読むと、昔の日本人のよく口にした「刻苦勉励《こっくべんれい》」という言葉が頭に浮かびます。また「苦学生」という、いまでは死語になりつつある言葉も思い出されます。明治になると四民平等になり、身分による出自ではなく、学歴で社会的な地位が獲得できる可能性が高まります。そのなかで、地方から多くの青年たちが都会に出て、勉学に励んで高い学歴を得て、新しい知識や技術を獲得し、立身出世を目指しました。そうした「苦学生」への都会人のまなざしはとても優しいものであったことが、こうした作品からうかがえます。そして、納豆売りという仕事を通して苦学生と周辺の人々がつながり、日本の将来を背負う若者たちを大人たちが陰ながら支援していた実態を垣間見《かいまみ》ることができます。現代は奨学金制度も整っていて、学資の支援も公的な機関によってなされていますが、その一方でこうした周囲の大人たちの温かなまなざしというものは乏しくなってきているのではないでしょうか。

もう一つ、国文学者で国語教育でも知られる早稲田大学教授の五十嵐力（一八七四—一九四七）の作成した教科書『高等女子新作文』（大正五・一九一六年）に収められている「納豆売」という文章も紹介しておきましょう。

我れはあわれなる一人の少女を見ぬ。納豆売る少女なり。年は十四五とおぼし。寒げに襤褸《らんる》をまといて、片手に苞を入れたる岡持《おかもち》をさげ嗄《か》れたる声にて「納豆々々」と呼びつつ行く。足どりもはかばかしからず、後より来る子供等に追い越されては、世を憚る如く、淋しき影を塀際《へいぎわ》などに寄せ行くさまいじらし。我れは心に涙を

催しつつ一二丁が間見返り見返り進み行きしが、いずくにか呼び入れられけん、忽ちその影を見失いぬ。いかなる人の子なるらん、僅かの納豆を売りて病める親をや養うらんなど、嘗て新聞にて見たりし孝行納豆売の事ども思い浮かべつつ心も空に道を辿る中に、いつしか学校の門に着きて我れに戻りぬ。

（国立国会図書館　デジタルコレクション）

社会福祉制度の十分でなかった時代に、納豆売りは幼い子どもでも収入を得ることができる数少ない道のひとつでした。朝、学校に行く前の短い時間にできる仕事でもあったからです。現代はともすると「貧乏」を隠してしまうことがよしとされる雰囲気があります。しかし本来は自己のおかれた状況をふまえて、いかに生きるかを考えてこそ、「生きる力」の教育がなされるのではないでしょうか。幼い納豆売りの姿には、懸命に働いて生きるという人間の基本的な姿勢が映し出されていたからこそ、心ある大人たちの共感を得たのだと考えます。

納豆ぎらいの納豆小説

宮本百合子「一太と母」

宮本百合子（一八九九―一九五一）は作家であり、日本共産党の活動家でもありました。日本共産党委員長を務めた宮本顕治の妻として、第二次世界大戦前から彼の活動を献身的に支えていたことでも知られています。彼女は「身辺打明けの記」（昭和二・一九二七年）のなかで、

嫌いなものといえば、何よりも先ず納豆です。北国の人は一体納豆を好むようですが、わたくしは、福島県の生れですし、父祖の生れは山形県ですし、それに父も

母も納豆が嫌いではないのですが、わたくしはどうも駄目です。母なぞは「お前は国の納豆をたべないからだよ、たべず嫌いなんだよ」と申しますけれど、わたくしも、その国の納豆――山形県の――を見て知っていますが。――東京の納豆の三分の一ほどの、それは小さな納豆で、東京の納豆のような変な臭いもないのですが、兎も角わたくしには手が出ません。

と書いているように納豆は好きではなかったようです。しかし、そんな彼女の小説「一《いっ》太《た》と母」（昭和二年）には、なぜか納豆売りが登場しているのです。しかも、その納豆売りには優しいまなざしが向けられています。共産党の活動家として常に庶民の味方であろうとした宮本百合子は、納豆売りのけなげな姿にたいしてはやはり好意を持って見ていたのかもしれません。

一太は納豆を売って歩いた。一太は朝電車に乗って池《いけ》の端《はた》あたりまで行った。芸

者達が起きる時分で、一太が大きな声で、

「ナットナットー」

と呼んで歩くと、

「ちょいと、納豆やさん」

とよび止められた。格子の中から、赤い襟《えり》をかけ白粉をつけた一太より少し位大きい女の子が出て来る、そういうとき、その女の子も黙ってお金を出すし、一太も黙って納豆の藁《わら》づとと辛子を渡す、二人の子供に日がポカポカあたった。

　家によって、大人の女が出て来た。

「おやこの納豆やさん、こないだの子だね」

などと云うことがあった。

「お前さん毎日廻《まわ》って来るの」

「うん大抵」

「家どこ?・」

「千住。大橋のあっち側」

「遠いんだねえ。歩いて来るの?」

「いいえ、電車にのって来る」

たまに、

「ちょっとまあ腰でもかけといき、くたびれちゃうわね、まだちっちゃいんだもの」

などと云われることもなくはなかった。そんなとき一太の竹籠にはたった二三本の納豆の藁づとと辛子壺が転っているばかりだ。……

そんな問答をしているうちに、一太は残りの納豆も買って貰った。一太は砂埃《すなぼこ》りを蹴立てるような元気でまた電車に乗り、家に帰った。一太は空っぽの竹籠を横腹へ押しつけたり、背中に廻してかついだりしつつ、往来を歩いた。どこへ廻しても空の納豆籠はぴょんぴょん弾んで一太の小さい体を突いたりくすぐったりした。一太がゆっくり歩けば籠も静かにした。一太が急ぐと籠もいそぐ。一太が駈《か》けでもしようものなら!籠はフットボールのようにぽんぽん跳ねて一太にぶつかった。おかしい。面白い。一太は気のむくとおり一人で、駈けたり、ゆっくり歩いたりして往来を行った。

また、『蛋白石《たんぱくせき》』(大正三・一九一四年)にも、

食事の時なんかに千世子の好きなものとそうでないものとを教えて居るのなんかを聞くと何だか悲しい様な気持さえした。

「でも納豆と塩からなんかがおきらいな位ですもの、困りゃあしませんよ。」と云って居るのもきいた事があった。

という部分があり、百合子の納豆嫌いを反映しているかにも思われます。ところが、夫顕治との手紙のやりとりには、

十月三日。一日に仕事が終らず、二日に出発。上野から長野まで汽車。長野から湯田中まで電鉄。その後自動車でのぼり二十分ばかり来ると、桜並木のところに、店頭にお菓子を並べてタバコの赤いかんばんが出ている、そこがせきやです。部屋からは、その桜並木、むこうの杉山、目の前には杉、桜、楓など。お湯はおだやかな性質で、よくあたたまります。ウスイのとんねるを知らないほど眠って来てしまいました。空気がよくて鼻の穴がひろがるよう。二つの部屋に栄さん、私とかまえて居ります。今日も雨です。

栄さんがお湯で、アラ、と云って立ってゆくから、ナニときいたら青い雨蛙が青い葉の上で動いたのでびっくりした由。二人ともあんまり口もきかず、のびるだけ神経をのばして居ります。

いねちゃんが上野まで送ってくれました。汽車がカーブにかかるまで赤いジャケツが見えました。

昨夜は何時に眠ったとお思いになりますか？　六時半よ。そしてけさ、六時半。

＝納豆、野菜など、なかなか美味です。きょうテーブルをこしらえて貰います。

とあり、疎開先の納豆が美味だと記してもいます。戦時下の食卓という事情もあったのでしょうが、とにもかくにも夫の留守に家族を健康で守り抜かなくてはならないという気持ちが、彼女に納豆を食べさせたのかもしれません。

宮本百合子の「親子いっしょに」（昭和二五・一九五〇年）というエッセイにも納豆売りが登場します。

子供たちの明るい人生をつくろうと、このごろではいろいろな親と子と教師のための本なども出て来ましたし、美しい外国映画も紹介されます。

しかし現実の毎日の生活のなかで、主婦であり母であるひとの心痛のたねは、どこにあるでしょう。幼い子供から中学生にいたる年配の家の子どもたちとしての少年、少女のなやみは、どういうところにあるでしょう。

いくらかでも自分で働ける若いお母さんたちが託児所の必要にめざめて来た勢は、金づまりと共に、きわめてつよいものがあります。子供の雑誌でも託児所が必要である年ごろの児童用から小学六年生までのものは、だいぶよくなりました。幼児の生活が、健康の点にも精神の上にも一生を通じて大切だということに着目されて来たのはよろこばしいことです。

ところが、中学生のものになると、今出ている少年向の雑誌の多くは、急に内容がおそまつになっています。どう編集していいかわからないらしくて、ともかく野球と冒険談でお茶をにごしているかとさえ思えます。

これは現代の中学生の生活の内容が、おとなとまじって、たいへん複雑になって来ている証拠です。十一府県の部分的な調査でさえ、中学生たちの中「働きつつ学ぶもの」が四一五二人、「長期欠席」は六〇一〇人でした。東京の朝の街に四時ごろから納豆をうり歩く十歳から十五歳までの少年たちがふえ、全国で労働している少年は一〇五万人もあります。少女はまた昔のように紡績工場に働き、売られて行く子もふえました。

　この春中学校を卒業しても就職できなかった多勢の少年、少女とその親とのきょうの暮しは、どんなこころもちでしょう。

　母たちが「うちのこだけは」と個人のがんばりでりきむだけでは、未来の大人である子供の生活にあかるいみとおしを与えることはできにくくなるばかりです。

　母と子も「どうせ、うちなんか、金もないんだから」とあきらめてかかる習慣を、どういう場合にも、つけないことが大切です。一人の人間が生きるために働くこと、そうして社会人として必要な教育をうけること。それは当然の権利なのだから、母も子も、生活を着実に見まわして、そこにある可能を発展させてゆくために協力する時代になっています。

　親がしてやる、してくれない、の時代はすぎました。親子で、そして社会のみんなで、力を合わせて、やって行くべき時代なのです。

この文章には第二次大戦後の日本で戦争の荒廃からいかに立ち上がり、明るい社会を築いていくべきかが情熱を込めて書かれています。現代の社会のあり方をも考えさせるような文章でもありますね。

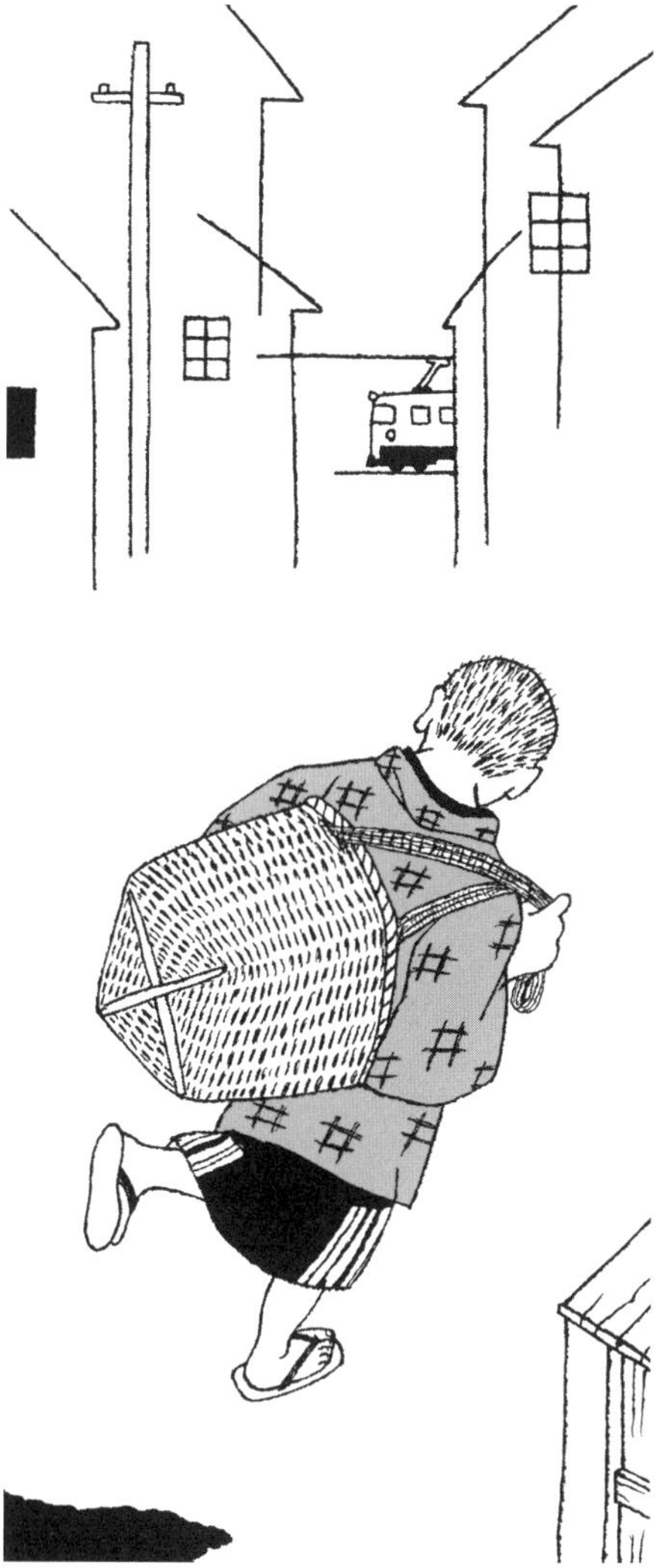

はしやすめ
その四

納豆のかたち

現在は納豆といえばほぼパック入りですが、そうなる以前は経木でした。また苞納豆は自家製としては作られていたようですが、江戸時代に納豆売りが販売していたのは、笊《ざる》納豆が多かったようです。

このことは、明治六年から一六年（一八七三―八三）にかけて書かれたと考えられる『納豆考』（筆者未詳・愛知県西尾市岩瀬文庫蔵）という書物によってもわかります。以下に、その一部も読みやすいように書き改めて紹介しておきましょう。

納豆売りの話。東京で納豆を製造する所は、本郷大根畑（現在の文京区湯島）に二軒、伊勢太・伊勢平という問屋がある。この両家の他にも製造する所があるかはわからない。

この納豆を買い受けて、売りはじめる時は、問屋から銭四〇〇文で笊を借り、また納豆をはかる小升を銭二〇〇文で借りて商売をする。もしこれを廃業しようとする時は、笊と升を問屋へ返すと、笊と升の代金六〇〇文を返してくれる。問屋より買う一笊の価は三〆（字義不明）五〇〇文だということである。もっとも豆の相場により値も高下があるようだ。笊に入れて製造するために、これを笊納豆と呼ぶ。

最近、明治六年頃に苞入納豆というものを売り歩くようになった。買い求めてみると、藁苞《わらづと》に入れて作ったもので、糊《ねばり》がつよく糸を引くこと蓮根を折ったようで、その味わいは笊納豆より優れていて価格も安い。

その製造する家の名は次に載せた。ある人が言うには苞入納豆は下野大田原にこの製法があるということである。……

今、明治一六年からさかのぼる事およそ六〇有余年以前、江戸市中では叩《たた》き納豆というものを行商していた。それはふつうの笊納豆を製造して、平らにのべて二寸ほどの三角形にし、その上にゆでた小松菜の刻んだのをほんの少し載せ、その外に生豆腐を賽《さい》の目に切ったのを添え、価格は一五文、当時、豆腐が一丁五〇文であったので、これを買い求めて、すこし味噌を煮立て、その中に入れて汁にした。とても便利であったが、その後は、叩き納豆を売り歩く者がいなくなったそうである。

考えると、当時は、物価は安かったが、その後は次第に物価が高騰して、豆腐一丁が三銭になる。また納豆も昔は三、四文ほどで売られていたが、今は□（文字不明）以下では、売らないので、右のような叩き納豆売りもいなくなったのであろう。
また叩き納豆を三角形にするのも駿河《するが》の納豆箱が三角であるのも訳があるのだろうか。

▲『納豆考』（西尾市岩瀬文庫蔵）

この資料から、いまでは水戸のお土産として知られている藁苞納豆も、明治時代になってから東京では一般化したことが、わかります。こうして、やがて街が江戸から東京へと変化したように、納豆も笊納豆から藁苞納豆へと変化していくのです。

おわりに

およそ発酵食品で健康に悪いものはないということは、ほぼ常識だと言っても言いすぎではないでしょう。そうでなければ、納豆・チーズなどのくせの強い発酵食品をわざわざ私たちの祖先たちが手間ひまをかけて作るはずがなかったからです。

そうだとすれば、たとえ遠く海を隔てても、似たような気候風土にある土地であれば、同じような発酵食品が作られていたとしても何ら不思議はないということになります。

では、納豆の場合はどうでしょう。納豆は梅干し・塩辛とならんで日本独自の食文化であると多くの人々は信じています。その証拠に、テレビ番組で外国人を困らせて笑いをとるような番組ではきまって納豆が顔を出します。また、外国から来られた方に「あなたは納豆を食べられますか?」と質問して、「ハイ、タベラレマス」と答えられると、「ほほーっ、なかなかの日本通ですね」などと妙に感心する人も多いことでしょう。

しかし、似たような気候の土地であれば類似した食品を作ることが可能であるという理屈にしたがって世界に目を向けたとき、納豆と似た食品が日本以外でも作られている可能性を考えるほうが自然ではないでしょうか。じつはそのことに気づいていた人がすでにいたのです。

日本の農耕文化の起源と南アジア一帯の照葉樹林文化との関連を指摘した中尾佐助(一九一六—九三)は、納豆が日本にしかないかのような一般的な誤解にたいして『料理の起源』(一九七二年)で「ナットウの大三角形」という指摘をしています。中尾はナットウの「仮説中心地」を雲南省あたりに求め、そのうえで、日本、ヒマラヤ、ジャワのナットウの存在について「偶然の一致」でなく、

= これらの地域間の文化的共通性が予測されることになるだろう。その範囲は、当

然ナットウを指標とすると、日本、ヒマラヤ、ジャワを結んだ三角形の地域になる。メルカトール図法の地図上にこれらの三地点を頂点とした三角形を書き、これをナットウの大三角形とよぶことにしよう。

と述べています。

中尾はさらに「ナットウとミソの来た道」（一九八二年）で、

ダイズからナットウ、ミソ、醤油をつくり、トウフやモヤシをつくる極東地域をみると、その全部がすっぽりと水田稲作地帯であることに気づいてくる。つまり、これらはなんと稲作文化のなかに包みこまれたものであったのである。

とも言っています。つまり、納豆は日本固有の食品ではなく、稲作とともに国際的な広がりを持つ食品であるというのです。

たとえば、タイ王国のトゥア・ナオ、韓国のチャングッチャン、インドネシアのテンぺなどと食品としての共通性がみられます。しかし、トゥアナオやチャングッチャンが味噌などと同じように調味料として利用されているのと比較すると、わが国のような副菜としての食べ方は特殊です。

近年、さらに調査研究をすすめた横山智『納豆の起源』（二〇一四年）では、ミャンマー、ラオス、ネパールにまで納豆の存在があるとの報告もなされていますし、原敏夫「アフリカにも納豆が」（一九九一年）では、アフリカにも納豆があるという報告がなされています。

高野秀行『謎のアジア納豆』（二〇一六年）には、ノンフィクションライターである著者のリアルな納豆紀行がレポートされています。

かわったところで、岩坂泰信『空飛ぶ納豆菌』（二〇一二年）には、なんと大陸から飛んできた黄砂に納豆菌が付着していることを発見し、それから納豆をつくるという面白い試みも紹介されています。

このように納豆は国際的な広がりのある食品ですが、食文化としてはわが国独自の発展をとげ、日常の食生活に定着してきます。そのあり方は糸引き納豆だけに、わが国の食文化にとどまらず文化全体と切っても切れない関係にあったのです。

この本は、全国納豆協同組合連合会（納豆連）のホームページの「納豆文学史」をもとにして、日本人の暮らしと納豆との関わりについて文学作品を中心により深めて書きました。

そもそも、納豆とのご縁は、私が栃木県立宇都宮高校で硬式テニス部顧問をしていたときに部長を務めインターハイにも連れて行ってくれた小池泰史君が豆腐・納豆メーカーのこいしや食品（栃木県さくら市）のご子息であったことに由来します。

大学へと職場が移り、外部資金獲得という言葉が学内でかまびすしくなってきたころ、研究補助金一覧を眺めていると、たまたま納豆連の研究助成が目に入りました。そのとき、ふと小池君の高校生時代の屈託のない笑顔が脳裏をよぎり、それに応募してみることにしたのです。幸いに納豆連のご理解を得て研究助成を受け、その後もセミナーや研修会など、さまざまなご縁が続いて現在に至っています。

本来は効率主義とは無縁であるはずの教育・研究の分野でも、むやみに効率優先が叫ばれる社会風潮のなか、お金を生み出さない人文系の研究にも助成して下さる納豆連の存在は、まことにありがたいものであります。野呂剛弘会長はじめ納豆連のみなさまに、ここに記してあらためて感謝の意を表したいと思います。

助成金をいただき、いざ納豆の文化史の整理をはじめてみると、これがなかなかに手ごわいものでした。文献を探すにしても、歴史的な史料もあれば文学作品もあります。また、ただ納豆と書かれているだけでは糸引き納豆か浜納豆かの区別もわかりません。学術的には「悉皆《しっかい》調査」（すべて調査しつくすこと）が最上であることは言うまでもないことですが、それを待たずに、いちおうこれまでの調査をまとめてみた次第です。むしろ、この本をまずは世に問うことで、読者の皆様がご自身で見かけた納豆についての記述をこれらにさらに加えていっていただけることが、納豆の食文化史の研究の発展のためによいことだと考えたからです。そのためこれまでの著作物で扱っている資料とはあまり重ならないようにいたしました。けっして先行研究を軽視したわけではありませんので、その点、なにとぞご了解ください。

この本の刊行にあたりお力添えくださった納豆連の広報担当の緒方則行さん、ならびに大修館書店の牛窓愛子さんにも感謝いたします。

赤ん坊のときは納豆をよく食べていたものの、成長して口にしなくなったのがおそらく唯一の親不孝であろう息子が、この本を読んで、いつかまた好んで食べてくれることを願いつつ。

平成二八年　納豆汁の季節に

[著者紹介]
石塚　修（いしづか　おさむ）
1961年栃木県生まれ。1986年筑波大学大学院修了。博士（学術）。筑波大学人文社会系教授。2005年第2回納豆研究奨励金奨励研究準入選。2014年第25回茶道文化学術奨励賞受賞。主な著書に『西鶴の文芸と茶の湯』（2014年、思文閣出版）など。

納豆《なっとう》のはなし――文豪《ぶんごう》も愛《あい》した納豆《なっとう》と日本人《にほんじん》の暮《く》らし

NDC910/xvi, 207p/19cm

初版第1刷 ――2016年 5 月10日
　　第2刷 ――2016年 7 月20日

著者――――石塚《いしづか》 修《おさむ》
発行者――――鈴木一行
発行所――――株式会社 大修館書店
〒113-8541　東京都文京区湯島2-1-1
電話03-3868-2651(販売部)03-3868-2291(編集部)
振替00190-7-40504
[出版情報] http://www.taishukan.co.jp

装幀・本文挿絵――唐仁原教久
デザイン――――白村玲子(HBスタジオ)
印刷所――――壮光舎印刷
製本所――――牧製本

ISBN978-4-469-22246-3　Printed in Japan